동물가족 그들과의 추억

글 : 우보 할아버지
그림 : 손녀 황다정

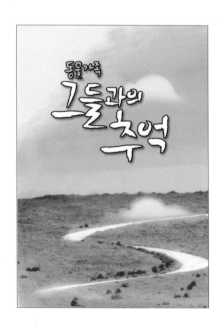

지구문학

국립중앙도서관 출판시도서목록(CIP)

동물가족 그들과의 추억 : 김기명 동물에세이 / 글: 우보 할
아버지 ; 그림 : 황다정. — 서울 : 지구문학, 2015
      p. ;   cm

ISBN 978-89-89240-68-6 03810 : ₩13000

수기(글) [手記]

818-KDC6
895.785-DDC23   CIP2015024092

동물가족 그들과의 추억

글 : 우보 할아버지

그림 : 손녀 황다정

지구문학

사랑은 행복의 씨앗

　혼히들 봉사활동을 많이 하는 분들이 공통적으로 하시는 말씀,

　"내가 그분들에게 도움을 드린 것보다 제가 얻는 교훈과 기쁨이 더 많습니다."

　활동이 불편하신 분들을, 생활이 어려운 분들을, 나이 많은 분들을, 외로운 분들을, 병상 생활을 하는 환우들을……

　사랑은 참으로 이상합니다.

　사랑을 많이 하시는 분들일수록 행복이 가득해 보입니다.

　사랑을 하는 방법은 상대를 이롭게 해 주거나 기쁘게 해 주는 것,

　상대의 어려움을 덜어 주거나 슬픔을 같이 나누는 것이라 합니다.

　사랑은 계량하거나, 되돌려 받기를 바라지 않는 것이라

합니다.

　동물도 식물도 심지어는 생명이 없는 돌멩이 하나까지도
사랑을 주면 보다 더 많은 행복을 돌려줍니다.
사랑은 티를 내지 않습니다.
사랑은 아름답습니다. 사랑을 하면 귀엽고 예쁩니다.

　우리 동물들과 많은 사랑을 나누었습니다.
　그들과는 너무도 아름다운 추억들이 많아 혼자 갖기 아
까웠습니다.
　그림을 그려준 우리 손녀 다정이도 너무 예쁩니다.
　아주 사랑스럽고 정이 많습니다.

　사랑은 나눌수록 배가된다고 했습니다.
　우리 동물가족들과 함께 행복한 시간 되시기를 빕니다.

　　　　　2015년 8월 25일

　　　　　　　통일의 씨앗이 움트던 날
　　　　　　　ubo

차례

제 1 막 진돗개 이야기

제 2 막 우공(소)들의 이야기

차례

제3막 다른 가축들과 까막까치

제4막 외국에서 만난 동물들

차례

마무리 이야기

제 1막 진돗개 이야기

1

진돗개와의 인연

1970년대 후반, 수원 변두리 농촌마을에 농가주택을 개량하여 전원주택을 마련했습니다.

농촌 집이라 집터가 200여 평으로 넉넉해서 여러 가지 나무도 심고, 꽃도 심고, 가축도 기를 수 있는 여유로운 집이었습니다.

새 집으로 이사한 지 얼마 되지 않아 예산지역으로 출장을 갔는데 훌륭한 일을 많이 하신 새마을지도자 한 분이 집에서 기르는 좋은 혈통의 진돗개가 강아지를 낳아 젖 뗄 때가 되었으니 한 쌍 데리고 가서 잘 기르라고 주셨습니다.

아주 예쁘고 건강한 남매였습니다.

진돗개는 천연기념물 53
호로 지정된 동물이라 등
록을 해야 하고 혈통서가
있으면 가치를 더욱 인정
받습니다.

　부모의 혈통서를 갖고
공인 인증기관인 수의과병
원에 가서 호돌이와 호숙
이라는 이름을 받고 호적
신고도 하고 강아지들의 혈통서를 받아 잘 보관했습니
다.

　마당에는 무궁화, 해바라기, 봉숭아, 채송화, 분꽃, 과
꽃 등 많은 꽃들도 피어 있었고, 닭, 돼지, 토끼, 오골계,
칠면조 등 다른 가축들도 있었지만 호돌이와 호숙이가
귀여움을 독차지하면서 최고의 인기였습니다.

　진돗개를 길러 보신 분들은 잘 아시지만 진돗개는 영
리하고 재롱을 많이 부려서 다른 가축들보다 정이 쉽게
듭니다.

　호돌이와 호숙이도 그때부터 우리 가족이 되어 오랫동
안 같이 살았습니다.

2

진돗개는 꼬리를 내리지 않습니다

진돗개를 제대로 알아보려면 공인혈통서가 제일 정확하지만 겉모양으로 봐서도 알 수 있습니다.

머리는 역5각형, 가슴은 넓고 단단해 보이고, 앞발의 발가락은 퍼지지 않으면서 모아지고, 양다리는 곧게 서고, 꼬리는 둥글게 말려 올라가거나 활 모양으로 위로 구부려져야 합니다.

다음에는 성격 검사를 해 보아야 합니다.

진돗개는 독종입니다. 어린 강아지의 목덜미 가죽을 잡고 치켜들어도 아무 소리도 내지 않을 뿐만 아니라 안색도 변하지 않아야 합니다.

잡종 강아지를 그렇게 잡으면 깨갱대며 어쩔 줄 몰라 하지만 진돗개는 아파도 아픈 척을 하지 않습니다.

진돗개는 싸움을 할 때도 소리를 내지 않고 절대로 꼬리를 내리지 않습니다. 꼬리를 내리는 것은 졌다는 항복의 표시라 힘이 모자라더라도 꼬리는 안 내립니다.

진돗개는 털 색깔로 구분해 황구, 백구, 흑구, 얼룩이, 바둑이 등이 있습니다.

그 중에 누렁이가 흔하고 으뜸이지만 누렁이도 강아지 때는 털끝이 검다가 자라면서 누렁이가 됩니다.

사나워 보이기로는 호랑이 옷을 입은 얼룩이가 제일이지만 귀한 편입니다.

우리 집 호돌이와 호숙이는 둘 다 자랄수록 더 멋져 보이는 누렁이였습니다.

3

호돌이와 호숙이

호돌이와 호숙이는 한 배에서 태어난 남매입니다.

한국 사람이면 이름만 들어도 누가 암놈이고 누가 수놈인지 알 수 있을 것입니다.

될성부른 놈은 떡잎부터 안다고 호돌이와 호숙이는 어릴 때부터 노는 것도 달랐습니다.

장난이 얼마나 심한지 온 마당을 누비고 돌아다니는데 한가롭게 걷지를 못합니다.

어느 누구랄 것 없이 앞선 놈은 달리고 뒤선 놈은 뒤쫓고, 이리 뛰고, 저리 달리고 온 집안이 소란합니다.

달리는 놈이 붙들리면 영락없이 목덜미를 물고 흔듭니다. 목을 물고 흔들어도 장난이기 때문에 어느 정도 사정

을 두는 모양입니다.

밑으로 깔린 놈은 누워서 발차기로 방어와 공격을 합니다. 목이 물린 상태에서도 상대방의 배를 힘차게 걷어차며 빠져 나옵니다.

아이들과 마찬가지로 장난이 심하면 싸움이 된다고, 어떤 때는 장난이 큰 싸움이 됩니다.

한바탕 싸우고 나면 입술이 찢어지고 어디가 사달이 났는지 피투성이가 되기도 합니다. 그래도 씩씩대는 거친 숨소리는 있어도 깨갱대는 소리는 내지 않습니다.

그만큼 진돗개는 어릴 때부터도 자존심이 강해서 아프

단 소리를 내거나 꼬리를 내리는 일은 없습니다.

이런 치열한 혈투가 있고 어느 정도 진정이 되면 서로 피를 핥아 줍니다. 위로와 사과를 하는지 정성을 다해 핥아 주고 대주고 하는 모습은 너무 다정해서 싸움은 사랑의 서막인 듯도 합니다.

성장하면서 이런 호된 자기 훈련을 통해 강해지며 이러한 충돌은 하루도 거르지를 않는 것 같고 어떤 사건이 겹치면 하루에도 두세 번 있는 일입니다.

그래도 일단 폭풍이 지나고 나면 언제 그랬느냐는 듯 다정하기만 합니다.

4

진돗개는 어릴 때부터
정을 들여야 합니다

진돗개는 다른 개들보다 정이 많고 낯가림이 심합니
다. 그래서 진돗개는 젖떼기 어릴 때부터 데려다 길러야

합니다. 큰 놈이나 중간 정도 자란 놈을 데려오면 정들이기가 어렵습니다. 중간에 데려온 개는 세월이 흘러도 새로운 주인과 정을 붙이지 못하여 눈치를 많이 봅니다.

　주인도 항상 눈치를 보며 겉도는 개에게 정을 못 드립니다. 어느 정도 기르다 분양한 개는 새집에서 주는 음식은 받아먹어도 정은 붙이지 못해 되찾아 오는 수도 있습니다.

　그래서 진돗개는 늙을 때까지 한 집에서 사는 게 좋습니다. 호숙이네 가족은 3대에 걸쳐 20년 정도 같이 살았습니다.

5

진돗개는 먹이다툼이 아주 심합니다

　진돗개가 아무리 영리해도 짐승은 짐승입니다.

　동물들은 다 마찬가지이지만 진돗개도 먹이를 두고는 누구에게도 양보하지 않습니다.

　호돌이와 호숙이도 먹이를 줄 때나 먹고 있을 때는 조심을 해야 했습니다.

　밥그릇에 손을 가까이 하면 본의 아니게 본능적인 공격을 받을 수 있어 아주 조심해야 합니다.

　먹이를 놓고는 자기 새끼도 무섭게 공격을 합니다.

　이것은 먹이를 지키는 일이기도 하지만 먹이 앞에서는 한 치의 양보도 하지 말라는 훈련인 것 같기도 합니다.

　그래서 진돗개의 밥통은 새끼들도 각각이라야 합니다.

　새끼 때라도 한 그릇에 밥을 주면 한바탕 피투성이 난 투극이 벌어집니다. 밥그릇은 밥그릇대로 나동그라지고 엉망진창이 되는 일이 종종 일어납니다.

6

호돌이와 호숙이는
우거지 된장국을 좋아했습니다

진돗개는 토종이라 그런지 식성도 토속음식을 좋아합
니다. 호돌이와 호숙이가 제일 좋아하는 메뉴는 우거지
된장국에 보리밥이었습니다.

생각해서 먹다 남은 고기를 갖다 주면 별로 좋아하는
것 같지 않습니다.

고기 국물 같은 기름진 음식을 먹이면 어릴 때는 앞다
리가 굽어집니다.

기름기가 끼면 나타나는 현상인지 앞다리가 안으로 굽
어들고 눈곱이 끼면서 신체적인 불균형이 일어납니다.

이런 때는 우거지 된장국과 보리밥으로 바꾸어 먹이면
차츰 회복이 됩니다.

7

호돌이 호숙이는 쥐잡기 선수입니다

진돗개는 천성이 사냥개라 항상 무엇이나 잡으려고 사방을 살핍니다.

집안에 놀러 오는 참새를 잡아보려고 숨기도 하고 날아다니는 나비를 잡으려고 여러 가지 작전을 써 보기도 합니다.

그래봐야 기는 놈이 나는 놈은 못 잡는 법인지, 잡는 것을 한 번도 보지 못했습니다.

자기들 능력으로 잡을 만한 것이 없을 때는 술래잡기라도 하며 사냥놀이를 합니다.

그래서 진돗개는 한 마리만 키우는 것보다는 두 마리를 기르면 더 재미있습니다.

기는 놈을 상대로 할 때는 성공률이 훨씬 높습니다.

우리 집은 마당이 넓어서 닭도 길렀는데 닭 모이를 노리는 쥐들이 극성이었습니다.

닭 모이 중에서도 현미 등겨를 쥐들이 제일 좋아했습니다.

쥐들도 현미에 영양가가 많은 줄을 아는지 한사코 현미 등겨에 몰려듭니다.

해가 뉘엿뉘엿 질 녘이면 쥐들이 새떼같이 모여들 때도 있습니다.

한 번은 하도 많은 쥐들이 모여들기에 닭 사료에 쥐약을 섞어 따로 놓았는데 얼마나 많은 쥐들이 속아 넘어갔

는지 두 삼태기를 묻은 적도 있었습니다.

호돌이와 호숙이는 쥐잡기를 즐기기는 했지만 절대로 먹지는 않았습니다.

사실, 쥐를 먹을 정도로 분별력이 없으면 진돗개라 할 수 없습니다.

우리 호숙이와 호돌이는 고양이만큼 쥐를 잘 잡았습니다.

아침에 일어나 현관문을 열고 나가면 섬돌에 죽은 쥐가 나란히 놓여 있습니다.

밤새 잡은 쥐들을 늘어놓고 문 앞에서 기다리고 있습니다.

쥐를 치울 때는 반드시 칭찬을 해 줘야 합니다.

그들은 주인을 기쁘게 해 주는 것이 보람이니까 쥐도 잡고 재롱도 부리고 칭찬 받을 일을 찾아서 합니다.

8

진돗개의 레이더

호돌이와 호숙이가 평소에 하지 않던 몸짓을 하며 이상한 소리로 낑낑대면 아내는 "얘들아 아빠 오시나 보다. 나가 봐라" 했답니다.

집에 들어서면 우리 아이들이 개들과 한바탕 어우러지며 우르르 몰려 반갑게 마중을 나왔습니다. 신기해서 웬일이냐고 물으면 호돌이 호숙이가 알려줬다고 했습니다.

동물들은 사람들에 비해 여러 가지로 감각이 뛰어나 사람들이 듣지 못하는 소리도 들을 수 있고 밤에도 물체를 식별하거나 홍수나 지진 등 자연현상을 예측하는 능력도 뛰어나다는 것은 상식입니다.

우리 집 호돌이와 호숙이 역시 놀랍도록 예민했습니다. 필자는 매일 출퇴근하지 못하는 직장에 있었습니다.

한 달에 4~5회 정도 부정기적으로 집에 오는데도 이들은 내가 집에 도착하기 약 1km 전부터 알아차렸습니다. 여러 가지 소리 중에서 내 차 소리를 가려내 가족들에게 미리 알려 주었습니다.

이런 때는 방에 들어가기 전에 머리를 쓰다듬어 주며 칭찬을 해 줘야 합니다. 그렇지 않으면 불평이 대단하고 소리를 지르며 발버둥을 칩니다.

이런 일이 한두 번이 아니니까 참으로 놀라웠습니다.

필자는 70년대에는 오토바이를 이용했고 1980년부터는 자동차로 다녔는데 이들도 자동차나 오토바이를 처음 사거나 바꿨을 때는 잘 모릅니다. 서너 번 정도 같은 차를 이용하면 그때는 소리를 기억하고 알아차립니다.

같은 종류의 오토바이와 자동차도 많은데 어떻게 우리 차 소리를 구분해 내는지 참으로 신기했습니다.

호돌이와 호숙이의 청각과 기억력은 감탄할 정도였습니다. 그래서 진돗개를 기르던 사람들은 다른 종류의 개는 답답해 합니다.

9

진돗개는 맹수입니다

　진돗개는 발정기 정도로 자라면 맹수가 됩니다.

　다른 개들을 만나면 사정없이 공격을 해 버리기 때문에 진돗개만 나타나면 다른 개들은 피신하기에 정신이 없습니다.

　그래서 어느 정도 자라면 대문을 닫아 놓거나 목줄을 매둬야 했습니다. 목줄이 풀어진 상태로 혼자 대문 밖에 나가면 온 마을 개들이 난리가 납니다.

　다른 집 개들은 우리 진돗개를 풀어 놓으면 어떻게 아는지 보이지 않는데도 여기저기서 비명소리가 진동을 했습니다.

　진돗개는 성격이 깔끔해서 대소변을 잘 가립니다.

　집 안에서는 일을 잘 보지 않아 매일 아침 한 번씩은 데리고 나가 일을 보도록 도와 줘야 합니다.

　제대로 배설 기회를 주지 않으면 3일 정도는 참습니다.

　일보러 나갈 때도 목줄을 잡고 사람이 동행을 하면 마을 개들이 조용합니다.

　수원 근교 오목내라는 마을에 살 때는 우리 집에만 진돗개가 있었는데 마을 사람들은 우리 집 진돗개의 움직임을 앉아서도 잘 알았습니다.

10

호숙이 시집보내기

호숙이도 어느덧 자라서 발정이 두어 번 왔습니다.

그래도 저희 남매간이나 근친간에는 교미를 잘 하지 않아서 호돌이가 있어도 소용이 없었습니다.

진돗개는 발정을 해도 접붙이기가 어려워 전문 수의과 병원의 도움을 받아야 새끼를 받을 수 있습니다.

대부분의 수의과 병원에는 좋은 종견이 있고 의사와 주인이 거들어야 성사를 시킬 수 있어 수의과를 가게 됩니다.

수의과 병원 수캐는 프로이지만 암컷이 무섭게 앙탈하기 때문에 안전 조치를 하지 않으면 노련한 수컷이라도 섣불리 덤비지 않습니다.

호숙이도 그랬습니다.

원래 진돗개는 낯선 사람을 경계하기 때문에 의사 선생님도 가까이 하지 못합니다.

제가 호숙이를 잘 달래서 입에 재갈을 물리고 움직이지 못하는 틀에 결박한 다음에 수의사가 수컷에게 강제 집행 지시를 합니다.

준비가 다 끝나면 지켜보고 있던 노련한 수놈 프로는 그때서야 일을 시작합니다.

호숙이가 소리를 지르며 반항했지만 일단 결합된 후에는 앙탈도 하지 않았습니다.

한 번만 성사되면 그 다음에는 별 반항 없이 받아줍니다.

3~4회 접을 붙여야 완전하게 새끼를 갖게 됨으로 2박 3일 정도 병원에 맡겨둡니다.

그 다음 번에는 비용도 들고 절차도 번거로워 다른 방법을 써 보았습니다.

친구 집에 좋은 수컷 셰퍼드가 있어 혼혈을 시키면 어떨까하고 데리고 갔는데 이 수컷은 호숙이가 반도 안 되는 덩치니까 냄새만 맡아보고 쉽게 덤벼들었습니다.

그런데 눈 깜짝할 사이에 호숙이가 수컷의 아래턱을

물고 업어치기로 뒹구니까 그 큰 덩치의 셰퍼드가 턱이
물린 채로 비명을 질렀습니다.

　순식간에 일어난 일이라 당황하다가 신문지에 불을 댕
겨 간신히 뜯어 말려 놓으니까 수컷은 덩치 값도 못하고
꼬리를 내리고 자기 집으로 피신했습니다.

　간단하게 생각했던 일인데 성사를 시키지 못하고 씁쓸
하게 포기했습니다.

　아무 수컷에게나 함부로 몸을 주지 않는 고집을 무시
했던 결과였습니다.

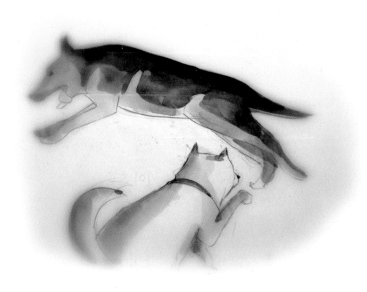

11
진돗개의 아기 사랑

호숙이가 만삭이 되어 배가 많이 불렀습니다.

머지않아 강아지를 낳을 것 같아 보금자리로 헌옷들을 개집에 넣어주었습니다.

호숙이는 넣어준 옷가지들을 밀어내고 부드러운 것 일부만 골라 자기가 보금자리를 만들고 있어 '곧 새끼를 낳겠구나' 생각했는데 그대로 날은 저물었습니다.

이튿날 아침, 개집 안에서 강아지들의 옹알이가 들렸습니다. 그러나 호숙이는 문을 가리고 누워서 아기를 보여주지 않았습니다.

가까이 가서 보려고 했더니 으르렁거리며 위협을 했습니다. 아마 새벽에 낳은 듯한데 혹시나 자기 새끼들이 다칠까 봐 못 보게 했습니다. 이런 때는 '알았노라' 하고 물러나야지 무리한 행동을 하면 큰일 납니다.

호숙이는 2~3일 지나서야 강아지를 만지도록 허락했습니다. 눈을 채 뜨지도 못했지만 암수 각 2마리씩의 아주 귀여운 놈들이었습니다.

강아지가 눈을 뜨고 재롱을 부리기 시작할 때 쯤이면 아주 귀엽습니다.

호숙이도 자기 새끼를 귀여워해 주면 좋아했습니다.

그래도 젖을 물릴 때는 그럴 수 없이 애지중지하지만 젖 뗄 때는 사정없이 혼을 내줍니다.

호숙이는 1년에 2번 새끼를 낳았습니다.

한 번에 3~6 마리 정도의 새끼를 낳습니다.

호숙이가 낳은 새끼들도 호적에 올리고 믿을 만한 가축병원 계통으로 분양하거나 아는 사람들에게 나눠 주었습니다.

12

엄마 발 시려

    어느 겨울날 낮에 내린 눈이 녹아 질펀한데 밤에는 기온이 많이 내려가 빙판이 되었습니다.

    강아지들이 젖 뗄 때가 될 즈음이라 덩치들이 커서 모두 한집에 들어가기에는 개집이 좁았습니다.

    아침 햇살이 퍼질 무렵, 어미가 양지바른 담 밑에 똬리를 틀고 누웠는데 강아지 네 마리가 모두 어미 위에 올라가 편한 자세로 엎드려 있었습니다.

    땅바닥이 빙판이라 발이 시리니까 어미 위에 올라가 추위를 피하고 있었습니다.

    어디서 그런 지혜가 나왔는지 놀라웠습니다.

    보기에 아가들은 발이 시리지 않아서 좋고 어미는 새

끼들을 이불삼아 덮고 있으니 추위가 덜할 것 같았습니다.

　자기네 집안에서 서로 엉키어 있을 때 터득한 지혜인 것 같았습니다.

13

내 가족 내 식구

역시 수원 오목내에서 살 때 이야기입니다.

집에서 기르던 토끼가 설사를 심하게 했습니다.

토끼나 염소처럼 콩같이 둥근 낱알 똥을 누는 짐승의 설사병은 아주 위험합니다.

이런 짐승들이 설사병에 걸리면 회복하기 어려운 경우가 많습니다.

토끼를 좁은 토끼장에 넣어 길렀는데 설사병이 심해 아무래도 안 될 것 같아 죽으려면 넓은 마당이라도 한 번 뛰어보고 죽으라고 토끼장에서 꺼내 풀어 놓았습니다.

그랬더니 기진맥진, 담벼락 밑에 웅크리고 앉아 졸고 있기에 '가려면 가거라' 하고 관심도 두지 않았는데 2~

3일 지난 어느 날, 호돌이가 토끼를 몰고 다니는 것을 보고 깜짝 놀랐습니다.

토끼는 도망을 가고 호돌이는 뒤를 쫓고, 호돌이를 야단을 치며 죽지 못해 퍼져 있는 놈을 괴롭힌다고 나무랐더니 호돌이는 멈칫하는데 토끼란 놈이 개 앞에 와서 약을 올리는 시늉을 하며 장난을 걸고 있었습니다.

그러고 보니까 두 놈이 술래잡기를 하는 중이었습니다.

다른 개였으면 한입에 처치해 버릴 텐데 이것도 한집 식구라고 비실대는 놈을 지켜보다가 기운 차리게 해 주려고 놀이를 하는 모양이었습니다.

토끼는 밖에 나와 스스로 치료제를 찾아 먹고 나은 것 같았고, 개는 한 울타리에 사는 한 가족임을 알고 서로 친하게 지내는 것 같았습니다.

그 후에도 토끼를 토끼장에 넣지 않고 두었더니 서로 친구가 되어 술래잡기를 수시로 하면서 다정하게 살았습니다.

14

개가 사람을 괄시했습니다

　호숙이 새끼가 자라서 큰집으로 분양을 했습니다.

　호숙이 새끼의 이름은 진돌이였습니다.

　진돌이도 무럭무럭 잘 자라서 진돗개로서 훌륭한 외모와 특성을 갖추었습니다.

　역시 온 가족으로부터 사랑도 받고 동네에서 왕초 노릇도 하였습니다.

　큰집에는 가정부 아주머니가 있었습니다.

　이웃에 사는 분이라 자기 집과 큰집 살림을 같이했습니다. 그래서 가끔 큰집 음식이나 물건을 자기 집으로 갖고 가는 수가 있었습니다.

　그렇지만 가정부 혼자서는 아무것도 갖고 가지 못했습

니다.

진돌이가 앞을 가로막아 물건을 들고는 대문을 나갈
수가 없었습니다.

큰집 주인마님이 대문 앞까지 들어다 내줘야만 갖고
갈 수 있었습니다.

하루 두 끼 밥은 가정부 아주머니가 챙겨 주는데 밥은
끼니마다 잘 받아먹으면서, 한 집에 살아도 남의 식구라
고 차별을 했습니다.

그래서 가정부 아주머니는 진돌이를 미워했습니다.

사람이 사람을 차별해도 기분이 나쁜데 개란 놈이 차
별을 하니 예쁠 리가 없었습니다.

때로는 좀 잘 사귀어 보려고 얼러도 보지만 진돌이는
막무가내였습니다.

15

산책 가요

다른 개들도 마찬가지겠지만 호돌이와 호숙이는 산책
을 아주 좋아했습니다.

본성이 활달하고 사냥을 좋아해 풀어만 놓으면 신바람
이 납니다.

오목내에서 가까운 칠보산으로 산책을 가는 날이면 정
말로 신이 났습니다.

호돌이는 열 걸음이 멀다 하고 영역표시에 정신이 없
었고 어쩌다 다른 개라도 한 마리 나타나면 쏜살같이 달
려가 혼을 내주었습니다.

산언저리에 이르면 그 때는 자기들 세상으로 사방 천
지를 누볐습니다.

　돌아다니다 작은 멧새라도 만나면 움켜보려고 온갖 꾀를 다 부려보지만 역시 기는 놈은 기는 놈이고 나는 놈은 나는 놈이라 어림도 없었습니다.

　천방지축으로 돌아다니는 것 같아도 항상 일정한 범위에서 인솔자의 영역을 벗어나지 않았습니다.

　혓바닥에서 땀이 뚝뚝 떨어질 정도로 아래 위를 누비고 나면 후련해진 표정을 지었습니다.

　같이 산책을 하면 사람도 심심하지 않고 자기도 신바람이 나니까 산책할 때는 꼭 데려가 달라고 떼를 씁니다.

　사람들만 가는 척이라도 하면 안달을 하기 때문에 산책할 때는 운동도 시킬 겸 꼭 데리고 다녔습니다.

16

SOS

호숙이는 가족이 집에 들어오면 온갖 몸짓을 다하며 반가워합니다.

일부러 모르는 척하고 방으로 그냥 들어가면 소리를 지르며 투정을 합니다.

그래서 머리를 쓰다듬고 가슴을 어루만져 주면 오줌을 지릴 정도로 좋아했습니다.

한 번은 집으로 들어섰는데도 호숙이의 기척이 없었습니다.

개집에도 없고 매어 놓은 목줄마저도 없어 "호숙아!" 하고 불렀더니, 멀리 과수원 쪽에서 낑낑대는 소리가 들렸습니다.

여느 때 같으면 재빨리 달려와 마중이라도 할 텐데 불길한 생각이 들어 소리 나는 쪽으로 달려가 보니까 과수원 울타리 안쪽에 있는 나무 그루터기에 쇠줄이 걸려 오도 가도 못하는 것이었습니다.

얼마나 애를 달구고 몸부림을 쳤던지 혓바닥에 피가 맺혀 있고 묶인 나무를 캐려고 허벅지까지 차는 구덩이를 파고 있었습니다.

웬만하면 풀고 나왔을 텐데 워낙 단단하게 묶여 있어 요지부동이었던 것입니다.

묶인 것을 풀어 주니까 기진맥진 어쩔 줄을 몰라 했습니다.

그 딱한 처지에서 혼자 온갖 고생과 노력을 했던 것입니다.

17

백구 모자의 닭 몰이

수원 오목내에서 분당 율동으로 이사를 했습니다.

그 동안 세월이 흘러 호숙이는 새끼로 진돌이, 진숙이를 낳았고 진숙이는 백구네 형제를 낳았습니다.

백구가 호숙이의 손자이지만 10년 넘은 늙은이였습니다.

진돗개의 수명은 대개 10~15세 정도입니다.

진돗개도 강아지 때는 귀엽고, 한창 자랄 때는 철부지 짓도 하고, 클 만큼 크고 나면 의젓하고 늠름해 보이지만 7~8년 지나면 늙은이 태가 나고 지능이 높아져서 사람들이 하는 이야기를 거의 다 알아듣고 눈치를 많이 살피게 됩니다.

사람이나 짐승이나 남의 눈치를 살피는 모습은 별로 좋지 않습니다.

백구가 나이 들어 새끼를 낳고 강아지가 어느 정도 자라 여러 놈이 젖을 빨아대니까 하루가 다르게 수척해졌습니다.

이런 때는 고기를 먹고 싶어 합니다.

특식을 주기도 하지만 본능적으로 날고기가 먹고 싶은지 집을 비우기만 하면 마당에서 노는 닭을 축을 냅니다.

목줄로 묶었는데도 주변에 닭털이 널려 있는 것을 보

면 분명히 늙은 백구란 놈이 해 먹은 것이 틀림없습니다.

　그런 때는 나무라지 않아도 눈치를 살피는 것을 보면 그놈 짓임이 틀림없습니다.

　닭들도 위험을 느끼기 때문에 백구 옆에는 가까이 가지를 않는데 어떻게 매인 몸으로 잡는지 궁금했습니다.

　똑똑한 진돗개라지만 개 주제에 굴리는 잔머리를 사람이 못 당하겠습니까?

　한 번은 외출을 하는 척하고 다른 문으로 들어와 방안에 숨어 동태를 살폈습니다.

　한참 지켜보고 있는데 강아지들이 닭을 어미 주위로 몰아가고 백구는 닭이 공격권에 들자 일격에 잡아챘습니다.

　예상은 했지만 하도 기막힌 작전이라 혼도 내지 못하고 모르는 척 넘어갔습니다.

18

늙은 백구의 최면술

쥐가 고양이 앞에서는 오금이 마비되어 꼼짝을 못하듯이 진돗개도 늙으면 강한 최면술을 발휘하는 모양이었습니다.

날고기 맛을 보고 난 후에는 자기 의지로는 참지를 못하는지 호된 야단을 맞으면서도 집안에 사람만 없으면 살쾡이처럼 닭이나 오리를 노렸습니다.

강아지가 있을 때는 새끼들을 시켜 닭이나 오리를 몰아오기도 했지만 새끼를 뗀 후에는 묶어 놓는 목줄을 벗었습니다.

제대로 묶이지 않았을 때는 묶인 곳을 풀고, 낮은 말뚝에 고리로 걸었을 때는 고리를 올리고 나갔습니다.

　또 목도리가 조금만 느슨해도 목도리를 벗어 놓았습니다.

　이렇게 되면서 백구와의 사이는 점점 나빠졌습니다.

　야단맞는 횟수가 늘어나고 야단을 맞을수록 눈치를 더 살피고, 그래도 백구는 본성을 억제하지 못했습니다.

　어느 날 또 오리 한 마리가 없어졌습니다.

　아무리 흔적을 잘 감추어도 어디엔가 깃털이 남아 있게 마련인데 증거를 찾을 수 없어 주변 산을 살펴보는데 후미진 가랑잎 더미에 오리 머리가 보였습니다.

　가까이 가서 보니까 이상하게도 오리는 두 눈을 멀뚱

멀뚱 뜨고 있었습니다.

　그런데도 꼼짝을 못하고 눈만 껌벅이고 있었습니다.

　안아 보았더니 상처 하나 없었는데 꼼짝도 못하고 굳어 있었습니다.

　아무래도 백구란 늙은이가 데려다 최면을 걸어 놓고 다음에 먹으려고 갈무리를 해 둔 것 같았습니다.

　진돗개가 집에 있으면 외부의 고양이나 살쾡이는 얼씬 못하는데 늙으면 이놈을 믿을 수가 없어 오래 기르지 못합니다.

19

예방접종과 자기치료

　다른 개들도 마찬가지지만 진돗개는 시기에 맞추어 예방접종을 잘 해 줘야 합니다.

　비교적 질병에 강한 편이지만 홍역과 장염에 약하고, 사납기 때문에 광견병 예방접종을 해야 합니다.

　한창 재롱이 늘어갈 때 홍역에 대한 위험이 높습니다.

홍역에 걸리면 회복이 어렵습니다.

음식은 가리지 않고 웬만한 것은 다 잘 먹지만 뼈다귀를 즐겨 씹는 버릇이 있어 장기에 상처를 입거나 변질된 음식으로 장염을 일으키는 수도 있습니다.

한 놈이 장염에 걸리면 다른 놈에게 전염되는 수가 있어 예방접종이 꼭 필요합니다.

진돗개는 병이 나면 자기가 알아서 3~4일 금식을 하며 자기 스스로 치료를 합니다.

그래서 밥을 잘 안 먹을 때는 이것저것 먹이려고 하지 말고 지켜보면 됩니다.

진돗개는 다른 개를 보면 덩치 여하를 막론하고 공격을 합니다.

그리고 주인을 다른 사람이 밀치거나 때리는 시늉을 하면 으르렁거리며 지킵니다.

어떤 때는 사람을 물어 상처를 낼 수도 있기 때문에 광견병 접종을 반드시 해야 합니다.

제2막 우공(소)들의 이야기

1

사람의 전생인가?

　농장을 수원에서 분당 율동으로 옮긴 후 소도 길렀습니다. 소와 같이 생활을 해 보면 종교적으로나 어떤 선입견을 갖지 않더라도 소가 하는 행동을 지켜보고 소의 눈을 차분하게 들여다보면 정말로 성스럽고 어질어 보이기까지 합니다.

　소의 얼굴을 가만히 들여다보면 마치 무엇인가 하고 싶은 이야기가 있는데 사람이 자기 말을 알아듣지 못해 답답해 하는 것 같이 보이기도 합니다.

　하기야 사람도 마찬가지로 소귀에 경 읽기라고 피차일반인 것이 소와 사람과의 관계인 것 같습니다.

　그래도 소와 같이 생활을 하다 보면 다른 가축들보다
는 서로 통하는 데가 많습니다.

　조금만 관심을 두면 소들이 무엇을 원하는가를 알 수
있고, 사람이 쟁기를 챙기거나 멍에를 준비하면 오늘은
무엇을 할 것인지를 소들도 알아차립니다.

　그래서 묵묵히 사람을 따르는 소를 보면 마음이 가라
앉으면서 수양이 되는 듯도 합니다.

　불가의 윤회설에 의하면 모든 생명체와 물질은 윤회를
하는데 사람이 이승에서 산다는 것도 윤회의 한 과정이
요, 죽음도 또 한 단계의 윤회의 과정으로 들어가는 것이라 했습니다.

　사람이 사람으로 다시 나려면 억겁(億劫)의 윤회를 거쳐야 하는데 사람으로 태어나기 직전에 소가 된다는 믿음을 갖고 있는 사람들도 있습니다.

　불교 종주국을 자부하는 스리랑카에서는 소를 아주 귀하게 알고 소를 많이 기르고 돌보는 일은 덕업 중의 덕업으로 믿고 부자들은 영리를 떠나 소를 많이 기릅니다.

　이웃 인도의 힌두교에서도 소를 귀하게 여기기 때문에 도심의 대로변이나 공원에서 소들이 자유롭게 거닐고 있는 모습을 흔하게 볼 수 있습니다.

　그런 나라 사람들에게는 사람이 소고기를 먹는다는 것은 아주 이해하기 어려운 행위로 보일 것입니다.

2

사랑해 줘요

소들은 사랑 받기를 아주 좋아합니다. 사랑 받기를 싫어하는 생명체가 있으랴만 소들은 더한 것 같습니다.

햇볕이 화창한 날, 털 고르개 쇠빗을 들고 방목장으로 들어서면 소들이 앞 다투어 다가옵니다.

먼저 온 놈부터 가려울 성 싶은 데를 골라 긁어 주면 눈을 지그시 감고 아주 좋아합니다.

정작 가려운 곳을 제대로 집지 못하면 몸을 돌려 들이대며 긁어 달라고 합니다.

나이 든 놈들은 으레 해 주겠지 하고 지긋하게 기다리지만, 어린놈들은 기다리지 못하고 옆에 와서 몸을 비비며 어서 사랑해 달라고 재촉을 합니다.

젖 뗄 무렵의 어린놈들은 샘이 아주 많습니다.

자기 또래의 다른 놈을 예뻐해 주면 먼 데 있다가도 달려와 자기도 사랑해 달라고 애교를 부립니다.

이런 때는 정말 귀엽습니다.

이런 모습이 사랑스러워 틈만 나면 쇠빗을 들고 방목장에 들어가 소들과 정을 나눕니다.

서로 말은 통하지 않아도 정은 통합니다. 모기나 파리약을 축사나 몸에 뿌려주고 아기를 돌보듯 미리 알아서 보살펴 주면 그들은 아주 좋아합니다.

3

소들의 애칭

젖소들에게는 별명을 지어 줍니다.

기업 축산을 하는 사람들이 40~50 마리 이상의 소를 기를 때는 대부분 일련번호로 호칭이 되고 관리를 합니다.

그러나 30두 이하로 가족 단위 낙농을 하는 사람들은 소마다 이름을 지어줍니다.

소의 별명은 어른들보다는 아이들이 잘 짓습니다.

때 묻지 않은 순수한 눈으로 보면 특징이 금방 나오는지 아이들이 지은 이름을 들어 보면 그럴싸합니다.

그러나 때로는 어른들이 인연이나 사연에 따라 고쳐 부르기도 합니다.

애칭은 소가 새 식구로 들어오면 대개 외관이나 성격 등을 보고 정합니다.

아이들이 짓는 이름은 만화나 그들의 생각 속에 같이 있는 인물이나 대상들인 경우가 많습니다.

옷 색깔에 따라 '얼룩이' '검둥이' '점박이' '펭귄' 등으로 부르기도 하고, 뿔의 모양에 따라 양쪽 뿔이 엇갈려 나서 '아리랑', 바이킹 배 모양의 긴 뿔을 가졌다 하여 '바이킹', 한쪽 뿔을 잃었다고 해서 '외뿔이'라 부르기도 합니다.

성격에 따라 '깡패' '불한당' '천방지축' '얌전이' '꾀돌이' '예쁜이', 세력에 따라 '대장' '텍사스 불' '막내' '포도대장' 등 기발한 이름들을 지어 줍니다.

이렇게 이름을 지어 주고, 불러 주면 소들도 알아듣습니다.

소들도 개 못지않게 영리한 데다가 덩치가 커서 그런지 심기가 깊고 믿음직스럽기까지 합니다.

4

애는 아프지 않니?

한 번은 나이가 좀 많은 소였지만 덩치도 좋고 젖도 많이 나오는 좋은 소여서 새끼를 한 배 더 받았는데 무리였는지 산후 회복이 늦어 걱정이었습니다.

늦은 봄이라 아직은 모든 식구들에게 새 풀을 먹이기에는 이른 때이고 늙은 산모가 기운을 차리지 못하는 것이 안타까워 채 덜 자란 싱싱한 목초를 베다가 먹이고 있는데 철부지 녀석이 달려와 계속 빼앗아 먹으려고 안달을 했습니다.

아무리 피하고 말려도 막무가내이기에 "이놈아! 애는 지금 아프지 않니? 너는 아무거나 먹어도 되잖아" 했더니 사람처럼 알아들었는지 입맛을 다시며 슬금슬금 자리를 물러났습니다.

정말로 이런 모습은 믿기 어려운 이야기지만 실제로 경험한 일입니다.

그래서 소라고 함부로 대할 수가 없고 사람의 전생인가 하는 생각이 들 때도 있습니다.

사람들이 먹이를 주고 젖을 짤 때 우사에서 혼자 중얼대는 것은 소와 이야기를 하고 있는 것입니다.

5

젖소의 송아지 낳기

새로운 생명을 탄생시키는 일은 대단히 어렵고 경사스러운 일입니다. 날짐승도 알이 병아리 새끼가 될 때까지 품고 나면 털이 빠지고 꺼칠해지는 고통을 감수해야 새로운 후손을 맞이하는 것처럼, 소가 송아지를 낳을 때도 상당히 힘든 순간을 겪습니다. 순산을 하는 경우가 많지만 사람이 도와줘야 할 때도 있습니다.

어미 소가 진통을 시작하고 산통 주기가 빨라지면 배를 쓰다듬어 주면서 옆에서 위로해 주면 편안해 합니다.

정상 분만할 때는 앞다리가 먼저 나오고 코와 입이 보이면서 발을 잡을 만하면 사람이 송아지의 앞발을 모아 잡고 어미가 힘을 쓰는 대로 무리하지 않게 당겨 주면 도움이 됩니다.

　송아지의 코에 묻은 양수를 닦아내 호흡을 거들어 주면 좋아합니다. 그러면 혀를 날름대며 삶의 표시를 합니다.

　어깨까지만 순조롭게 나오면 큰 고비는 넘기게 됩니다.

　새로운 생명을 받아보면 정말 신비롭습니다.

　어미는 새끼를 낳고 태를 쏟아내고 배꼽 처리가 끝나

면 이내 새끼를 찾아 짙은 애정으로 전신을 핥아 줍니다.

　송아지는 어미 배에서 떨어져 나와 정신이 들면 금방 일어서려고 버둥댑니다.

　서투른 동작으로 몇 번 일어서면 또 발자국을 떼려고 애를 쓰다가 이내 걷게 됩니다.

　걷기만 하면 바로 찾아가는 곳이 어미의 젖꼭지입니다.

　그러나 여기서부터는 사람으로부터 제지를 받습니다.

　어미와 새끼의 사랑도, 정을 나눔도 끝내야 합니다.

6

엄마 보고 싶어

새끼와 어미는 정이 더 깊어지기 전에 이별을 해야 합
니다. 입술과 젖꼭지의 부드럽고 따뜻한 감촉을 기억하
기 전에 둘은 분리됩니다.

어미는 어미의 자리에서 초유를 채취 당하고, 새끼는
어미가 보이지도 않는 곳에서 사람의 손가락을 빠는 연

습부터 합니다. 본능적이지만 젖 빠는 요령이 확인되면 그 때는 어미에게서 짜낸 초유를 우유병 젖꼭지를 통하여 맛보게 합니다. 초유는 강한 면역력이 있기 때문에 매정한 인간이지만 이것만은 먹여 줍니다.

어미젖을 먹어 보는 것은 초유에서 끝납니다.

그 다음에는 우유로 크는 사람 아기들처럼 송아지용 분유와 이유식을 먹고 자랍니다.

어미와 새끼를 바로 분리하는 것은 정이 깊어져 아픔이 더 심해지기 전에 헤어지는 것이 유리하다는 사람들의 판단에서 온 무리한 행동입니다. 더 많은 우유를 짜내기 위한 인간의 이기적인 행동이지요.

송아지는 엄마가 그리워 울어댑니다.

희미한 엄마의 기억을 더듬으며 본능적으로 따스하고 야들한 엄마의 젖꼭지를 찾아보지만 허사입니다.

외딴 보금자리에서 혼자 자야 합니다.

배가 고파도 시간 맞추어 물려주는 젖꼭지를 빨면서 3~4일 울고 나면 엄마의 기억도 희미하게 사라지고 젖병으로 물려주는 분유 맛에 길들여집니다. 한 열흘 지나면 어미도 새끼도 서로 알아보지 못합니다.

7

비상사태

송아지를 낳을 때 간혹은 송아지의 위치가 정상이 아니거나, 초산으로 송아지가 커서 난산을 하는 경우도 있습니다. 이런 때는 가족들뿐만 아니라 이웃과 전문 수의사까지도 초긴장을 하는 비상사태가 됩니다.

진통이 심하고 시간이 오래 걸렸는데도 제대로 출산이 진행되지 않을 때는 전문 수의사가 송아지의 태중 위치를 바로 잡기 위한 조치를 해 보기도 합니다.

다행히 앞뒤를 막론하고 다리가 나오기만 하면 사람 힘으로 송아지를 끌어내 보다가 어려운 경우에는 어미 소에게 무리가 되더라도 경운기의 힘을 빌리는 수도 있습니다.

이런 때는 사람도 소도 기진맥진해 버립니다.

다 같이 고생한 보람으로 무사히 출산이 끝나면 다행이지만 심한 경우에는 송아지를 포기하거나 둘 다를 잃어버리는 수도 있습니다.

이렇게 되면 재산상의 손실도 크지만 가족들이 겪는 마음고생이 아주 큽니다.

소들이 사소한 병치레나 부상을 입는 수도 있지만 출산을 할 때 위험 부담이 제일 큽니다. 그래서 경사스러워야 할 순간이 슬픔으로 바뀌는 수도 가끔은 있습니다.

8

우유는 언제부터 나올까요

젖소라고 해서 아무 때나 젖이 나오는 것이 아닙니다.

어린 암송아지가 1년 정도 자라면 발정을 하게 되고 수

정을 해서 아기를 갖게 되면 280일 전후로 출산을 하게

됩니다. 소가 자라서 송아지를 낳아야 우유가 나오기 시작합니다.

출산 후 7~8개월까지는 우유가 잘 나오지만 다시 임신을 하여 출산할 때가 되면 4~5개월 전부터 유량이 줄어듭니다. 그리고 다시 출산을 하면 또 좋은 우유가 많이 나옵니다.

큰 탈 없이 1년에 한 번 정도 새끼를 낳으면 3~5년까지가 전성기로 새끼도 잘 낳고 우유도 많이 생산됩니다.

소마다의 특성과 기르는 정성에 따라 차이가 있지만 7~8세 이상이 되면 늙은 소가 됩니다. 사람들이 젖소를 기르는 것은 영리를 목적으로 하기 때문에 사육비용과 생산능력을 감안하여 새로운 소로 바꿉니다.

우유는 원래 송아지 먹으라고 나오는 것인데 사람들이 먹으니까 상품화가 되고 산업으로 축산을 하게 되는 것입니다. 젖소는 다른 소들에 비해 우유를 많이 산출하는데 더 많은 우유를 얻으려고 품종과 사육 환경을 연구 개선합니다.

그러나 과학적이고 물리적인 개선뿐만 아니라 돌봐주는 사람의 정성과 사랑에 따라 상식 이상으로 우유가 많이 나오기도 합니다.

9

후임자는 서러워

　물속에 사는 물고기와 날아다니는 새들 그리고 뭍에
사는 짐승을 포함한 모든 동물들은 자기 영역을 지키는
텃세를 본능적으로 합니다.

　이처럼 사람들도 군대나 어떤 집단에서 선임자 행세를
하는 것도 어떻게 보면 본능적인 행동인 것 같습니다.

　넓은 들판의 방목장에서는 어떤지 잘 모르지만 몇 백

평 정도의 한정된 방목장에서 젖소를 기르는 경우에는 선임자와 후임자간의 차별이 아주 엄격합니다.

덩치가 크고 나이가 많아도 새로 들어온 소는 반드시 신입 신고를 하게 됩니다.

기왕에 있던 소들 중에는 군기반장이 있어 처음 들어온 신참의 기를 죽이는 절차를 밟습니다. 이때는 아무 저항도 하지 말고 얌전하게 받아줘야지 만일 반항을 하거나 다른 약한 놈에게 분풀이라도 하면 멀리 떨어져 지켜보던 대장이 나서서 아주 혼을 내줍니다.

그리고 여럿이 먹도록 쌓여 있는 풀을 먹을 때도 후임자가 같이 먹겠다고 덤비는 경우도 용납되지 않습니다.

선배들이 어느 정도 먹고 나설 때까지 기다렸다 들어가 먹어야 합니다. 후임자는 이렇게 여러 방면으로 다음 후임자가 올 때까지 설움을 참아야 합니다.

후임자가 들어오면 자연스럽게 순위 결정을 합니다.

이렇게 지위가 정해지기 전까지는 어린놈들이 좀 귀찮게 굴어도 참아야 합니다.

짐승들인데도 사람들처럼 행동하는 것을 보면 짐승들이 사람 흉내를 내는 것인지 사람들이 짐승의 본성을 벗어나지 못하고 있는 것인지 아리송할 때가 있습니다.

10

내 자리 남의 자리

목장에 소들이 많지만 한 마리도 틀리지 않고 자기 자리로 잘 찾아 들어갑니다.

젖소들은 자기 자리에서 밥을 먹고, 젖을 짜고, 잠을 자기 때문에 항상 정해 놓은 자기 자리를 찾아야 합니다.

멀리 들판에 나가 풀을 뜯다가도 하루에 두 번씩 시간 맞추어 자기 자리로 들어옵니다.

자기 방으로 들어가야 맛있는 사료를 마음 놓고 먹을 수 있고 가득 찬 유방의 젖을 시원하게 짜낼 수 있기 때문입니다. 이때도 새로 들어온 놈은 다른 놈들이 자리를 다 찾아들 때까지 기다립니다.

어느 정도 익숙해질 때까지는 빈자리의 자기 자리를

찾기가 쉬울 테니까 서두를 필요도 없고 후입자로서의
도리이기도 한 것입니다.

처음에는 사람이 한두 번 자리를 안내해 주지만 다음
에는 위치와 냄새로 자기 자리를 기억합니다.

어떤 때는 좀 헤매기도 하지만 이내 익숙해집니다.

비슷비슷해서 찾기 어려울 텐데 이런 것을 보면 자기
들끼리 통하는 언어가 있어서 서로 가르쳐 주는 것 같기
도 합니다. 그 많은 소들이 같이 움직이는 데도 밀리거나
혼잡하지 않습니다.

서로 양보를 하는지 물 흐르듯 질서 있게 드나듭니다.

11

장난꾸러기 난폭자

사람들도 여럿이 모이면 별난 사람들이 있는 것처럼 소들도 마찬가지입니다.

사춘기 정도 되면 힘자랑을 하고 싶어 서로 한바탕 붙어 보기도 합니다.

그래도 가족들이기 때문에 절대로 무리한 다툼은 않습니다.

개구쟁이 짓을 할 때는 이놈들도 작당을 합니다.

사료를 훔쳐 먹기도 하고 어떤 때는 집단 따돌림을 하는 수는 있어도 저보다 어린놈을 학대하는 일은 잘 하지 않습니다.

개중에는 큰 싸움은 아니지만 싸움걸기를 좋아하는 놈

도 있고 울타리를 부수고 밖으로 나가기를 좋아하는 놈도 있습니다.

그런 버릇이 있는 놈은 매번 같은 짓을 합니다.

야단을 치고 혼을 내도 고쳐지지 않는 놈은 퇴출을 시켜야 하는 경우도 있습니다.

새로 소를 맞이해 올 때는 간혹 버릇이 나빠 쫓겨 오는 놈도 있고 자기 버릇을 고치지 못해 이집 저집으로 쫓겨 다니는 경우도 있습니다.

그러나 소들도 새끼를 낳고 나이가 들면 점잖아집니다.

장난기가 좀 있어도 성격이 쾌활하고 적극적인 놈들이 젖도 많이 나오는 수가 있어 함부로 퇴출시키면 안 됩니다.

12

다 같이 축하해요

소가 새끼를 낳는 시간은 일정하지 않아 아침저녁 시도 때도 없습니다.

몇 번 해산을 해 본 소들은 서서히 진통을 이기며 순조롭게 출산을 하지만 초산인 경우는 하루 종일 산고를 치르는 수도 있습니다.

그래서 출산 예정일을 정확하게 추정해 놓고 그때가 되면 관심을 집중하게 됩니다.

위급한 상황이 발생하면 옆집이나 수의사에게 연락할 사람도 있어야 하기 때문에 온 가족이 긴장하게 됩니다.

때로는 사람이 잠자리에 든 밤 시간에 자연분만을 하는 수도 있습니다.

이런 때는 다른 소들이 새끼 난 소의 주위를 빙 둘러서서 지켜보며 보호하고 있습니다.

송아지를 낳고 나면 "우-워" "우-워" 하며 주인을 찾는데 우는 소리를 들으면 알 수 있습니다.

가 보면 아기를 낳아 놓고 쭉 둘러서 있습니다. 참으로 기특해 보입니다.

TV에서 '동물의 왕국'을 보면 항상 맹수들이 노리는 것이 갓 난 새끼나 병약해 보이는 놈을 노리는 것을 보면 지금도 본능적으로 다른 짐승들의 해코지를 막아주기 위해 무리를 지어 보호하는 것 같기도 하고 축하를 해 주는 의식으로 보이기도 합니다.

13

따뜻하고 깨끗한 물이 좋아

장사를 하는 사람들이 "종업원 10명이 주인 한 사람만
못하다"는 말을 하듯이 젖소를 기르는 데도 아무리 충실
한 목부일지라도 남의 손에 맡겨 놓은 경우에는 주인이
같이 돌보는 것과는 차이가 납니다.

남의 손인 경우 아무래도 소에 대한 애정이 부족하다
고 봐야 하고 소들이 그만큼 민감하다는 것을 말해 주는
것입니다.

여름에 파리나 물것들이 날아다니면 소들은 쉴 새 없
이 꼬리를 흔들어댑니다.

목부가 소 근처에서 일을 하다가 소꼬리에 한 대 맞으
면 대부분 소에게 화풀이를 하게 됩니다.

그러면 소들은 그 사람이 근처에 오기만 해도 신경을 곤두세우고 불안해 합니다.

긴장상태에서는 우유가 잘 나오지 않습니다.

그래서 우사에 들어갈 때는 항상 안정되고 소들을 사랑하는 마음을 가져야 합니다.

우유를 짜기 전에는 깨끗하고 따뜻한 물수건으로 유방을 마사지하면서 젖 몽우리를 잘 풀어줘야 젖이 잘 나옵니다.

소의 젖을 정성스레 만져주면 소들이 좋아하면서 짜기도 전에 젖이 뚝뚝 떨어지기도 합니다.

그래서 사랑하는 마음으로 마사지를 해 주면 기분 좋게 받아들이지만 간혹 비위에 맞지 않을 때는 몸부림을 치거나 발길질을 할 때도 있습니다.

우유 가공회사에서 우유를 모아갈 때는 집집마다 샘플을 채취하여 청결 정도와 지방 함유량 등을 다양하게 검사하고 그 결과에 따라 우유 대금을 받게 됩니다.

검수 과정에서 수준 이하의 우유가 있을 경우에는 경고가 주어지고 심하면 우유를 가져가지 않는 경우도 있습니다.

14

젖소들은 바흐를 좋아해

젖소는 여러 가축들 중에서도 가장 예민하고 정서적으로 안정을 필요로 하는 가축입니다.

사람들이 먹는 식품을 생산하는 일이라 위생적이고 청결한 환경도 중요하지만 소들이 정서적으로 안정이 되어야 더 좋고 더 많은 우유를 생산할 수 있습니다.

그래서 소들이 쉬고 우유를 짜는 축사 내부는 기본적으로 통풍과 냉난방이 잘 되어야 하고, 모기나 파리 등의 해충도 없고, 조명과 실내 색상까지도 고려해 줘야 할 뿐만 아니라 축사에 방송 설비를 해 두고 조용한 음악을 들려주기도 합니다.

음악은 잔잔한 클래식 음악을 좋아하는데 바흐의 현악

계통을 특히 좋아한다고 알려져 있습니다.

또 축사에는 가능하면 낯선 사람들의 출입을 통제하는 것이 좋습니다.

위생과 방역문제도 있지만 소들은 모르는 사람이 나타나면 불안해 하기 때문입니다.

개는 주인을 닮는다는 말이 있는데 개만 주인을 닮는 것이 아니라 모든 가축은 주인의 심성을 닮는다고 봐도 과언이 아닙니다.

그것은 같이 생활하면서 환경과 정서가 같아지기 때문에 일어나는 자연적인 현상입니다.

15

유방염과 항생제가 무서워요

소들도 여러 가지 질병으로 고생을 하는 수가 많습니다.

2010년 11월부터 구제역이라는 무서운 전염병이 전국을 휩쓸어 300만 마리 이상의 두 발굽 짐승을 맨땅에 묻었습니다.

가축을 기르는 사람들뿐만 아니라 뜻있는 국민들이 아픔을 함께 했습니다.

이러한 충격이 있을 때는 모두들 걱정이라도 같이 하지만 일상적으로 당하는 소소한 질병치레는 기르는 사람과 소들이 소리 없이 어렵게 감당합니다.

젖소의 경우는 하루에 두 번 이상 젖을 짜기 때문에 젖

꼭지에 염증이 생기는 유방염이 제일 흔한 병입니다.

유방염은 좋지 못한 위생관리나 무리한 젖 짜기 등으로 젖샘이나 젖줄에 염증이 생기는 병으로 세균이나 곰팡이 등이 원인이며 이웃 소에게로 감염이 될 수도 있습니다.

유방염에 감염이 되면 유방이 부으면서 열이 나고 우유에 고름이나 소량의 피가 눈으로도 볼 수 있을 정도로 섞이어 나오면서 유질과 유량이 줄어들게 됩니다.

유방염에 걸린 소의 우유는 먹지도 쓰지도 못합니다.

유방염을 예방하려면 맛사지용 수건을 깨끗하게 하고 젖을 짠 다음에는 젖꼭지 침전 소독을 잘 하는 등 주의를 기울이면서 소를 건강하게 돌보면 예방할 수 있습니다.

치료는 항생제 주사를 하거나 연고를 유두에 짜 넣는데 증상에 따라 차이는 있지만 4~5일 치료를 하면 좋아집니다.

그러나 항생제 성분이 많은 치료제를 계속 사용하는 경우 내성이 생겨 점점 치료가 잘 되지 않아 소를 도태시키는 수도 있습니다.

16

이별

모든 생명체는 만나면 헤어지는 게 당연한 이치라 하지만 어떤 이유든지 이별은 슬픈 일입니다.

다른 가축들과의 이별도 서운하지만, 젖소들의 경우는 더 심한 것 같습니다.

젖소들과는 스킨십을 많이 해서 그런지 소들도 사람들도 이별을 힘들게 합니다. 이별을 하는 이유가 몇 가지가 있습니다. 경영 규모를 조절하기 위해 마리 수를 줄이든지, 행실이 나쁘거나 개체의 성능이 좋지 않아 처분하는 수도 있고, 질병을 치유하지 못해 도태시키는 경우와 자금이 필요해 처분하는 등 이래저래 이별을 해야 하는 일이 종종 있습니다.

　무엇이나 필요한 경우에는 그 역할을 해 주는 사람이 있는 것이 시장인 것처럼 이 낙농업계에도 시장 기능을 해 주는 중개상인이 있어 전화만 하면 모든 사항을 상담하고 해결해 줍니다.

　소를 처분하려고 전화를 하면 중개상인이 와서 소를 감정하고 언제 출하할 것인지를 의논합니다.

　그런 경우 방목장에 있는 소들 중에서 어느 놈이라고 손가락으로 지적하지 않는 것이 관례입니다.

　손으로 지적을 하면 소들이 금방 알아차리기 때문에 팔짱을 끼고 먼 산을 바라보며 곁눈질로 어디쯤 서 있는,

털 색깔이 어떻고, 뿔이 어떻게 생기고 등등 이야기로 지적을 합니다.

그런데도 떠나야 하는 놈은 가기 전 2~3일은 밥도 잘 먹지 않고 서성대는 것을 보면 어떻게 알고 떠나기를 싫어할까 하는 의문이 생기기도 합니다.

떠나는 날, 소를 실어 나르는 차가 와서 목줄을 매고 끌면 차를 타지 않으려고 발버둥을 칩니다.

특히 도태되어 도살장으로 가야 하는 소는 눈물까지 뚝뚝 떨어뜨리며 억지로 차에 오르는 모습은 온 가족의 눈시울을 붉게 합니다.

소들의 이름을 지어주던 어린이가 있는 집은 아이들이 집에 없을 때 소를 내보냅니다.

어린이들은 마음이 여려서 소를 보내지 말라고 야단을 치며 너무 슬퍼하기 때문입니다.

17

남매 쌍둥이는 슬퍼요

이 이야기는 직접 겪어 본 이야기가 아니라 조심스럽습니다.

젖소들이 송아지를 낳으면 암송아지는 길러서 우유소로 젖을 짜고 수송아지는 비육우로 길러 고기소로 판매합니다.

우리가 먹는 소고기 중에는 국내산일지라도 한우 원종이 있고 도태되는 젖소나 비육 젖소 고기도 있습니다.

비육 젖소는 한우 비육소와 크게 다를 바 없는 정품이라 할 수 있습니다.

대부분의 젖소들은 한 번에 송아지를 한 마리만 낳지

만, 때로는 쌍둥이를 낳기도 합니다.

쌍둥이인 경우, 두 마리가 모두 암 송아지든지 혹은 수 송아지인 경우는 별 문제가 없습니다.

모두 길러 우유소로 젖을 짜든지, 수송아지인 경우는 비육소로 기르면 됩니다.

그러나 남매 쌍둥이인 경우는 아주 조심해서 관리를 해야 한다고 합니다.

남매 쌍둥이로 태어난 암송아지는 자라더라도 임신을 하지 못한다고 합니다.

젖소는 출산을 해야 우유를 생산하는 제구실을 할 수

있는데 새끼를 갖지 못하기 때문에 암송아지이지만 비육용으로 길러야 한다고 합니다.

그런 줄 모르고 사다 기르면 그동안 사육한 노력이 허사가 되므로 이런 송아지를 팔 때는 반드시 남매 쌍둥이임을 미리 알려줘야 한답니다.

만일 말을 하지 않고 정상적인 암송아지로 판 경우에는 기른 사람에게 손해배상을 해야 하는 것이 낙농업계의 관례라고 합니다.

우유소와 비육용 소는 송아지 가격부터 달라서 반드시 지켜져야 하는 불문율로 알려져 있습니다.

송아지가 자라면 큰 소가 되는데 어찌하여 남매 쌍둥이로 태어난 경우에는 이렇게 제구실을 하지 못하는지 명확한 이유는 일반적으로 알려져 있지 않습니다.

그래서 남매 쌍둥이는 환영을 받지 못합니다.

18

소 먹이기

60대 이상의 농촌 출신이라면 흔히 겪었을 옛날 이야기입니다.

요즘이야 아이들을 보면 "공부해라", "학원 안 가냐?" 하지만 옛날에는 공부하라는 부모님들은 아주 드물었습니다.

학교에 가지도 못하고 집에서 일만 하는 청소년들도 있었고 집안 일 때문에 결석을 해야 하는 경우도 있었습니다.

학교에 다닌다 해도 집에 도착해 요기가 끝나면 곧 바로 소를 몰고 시냇가나 산으로 가야 했습니다.

소만 몰고 가는 것이 아니라 저녁과 다음날 아침에 먹

일 소먹이 풀도 베어야 했습니다.

그러나 놀기 좋아하던 청소년 시절이라 소는 소대로 두고 놀이에 빠지다 보면 한여름 긴 날도 어느덧 해는 서산으로 빠지고 소 풀은 베지도 않아서 허둥대던 추억을 대부분 갖고 있을 것입니다.

이럴 때면 어른들은 소의 배만 봐도 열심히 소를 먹였는지? 놀다 왔는지를 금방 알아보시고 야단을 치시기 마련입니다. 그럴 때는 자기 잘못을 뉘우치기보다는 같이 게으름을 부린 소를 야속해 했습니다.

좀 열심히 다니면서 풀을 뜯어 먹으면 좋을 텐데 사람

이 곁에서 지켜보지 않으면 소도 딴전을 피우며 놀기를 좋아합니다.

그러면 불룩 일어나야 할 배가 홀쭉 들어가 있으니 어떻게 할 재간 없이 야단맞을 각오를 하는 수밖에 없었습니다.

그러나 비가 오는 날이나 야단맞은 다음 날 쯤은 소고삐를 잡고 풀이 많은 곳을 찾아다니며 풀을 뜯겨 보면 재미있습니다.

소도 사람이 같이 있어주면 한눈팔지 않고 열심히 풀을 뜯어 먹는데 옆에서 지켜보면 참 맛있게 먹습니다.

먹을 것이 넉넉하지 못해 항상 배가 고팠던 시절이라 소가 풀을 먹는 모습이 부러울 때도 있었습니다.

이런 날은 어른들 눈치 볼 것 없이 떳떳했고 소의 배도 넉넉하게 불러 있으면 소도 무척이나 만족해 하는 표정이라 발걸음이 가벼웠습니다.

19

벌떼와 줄행랑

요즈음이야 소를 길러도 축사에 매어두고 농후사료와 거친 먹이를 적당히 조절해서 먹이지만 옛날에 부림소 위주로 한 집에 한두 마리의 소를 기를 때는 오후에는 소를 몰고 나가 풀을 뜯기는 일은 노인들이나 청소년들의 몫이었습니다.

논두렁이나 밭두렁 사이로 소를 몰고 다니며 풀을 뜯기다 보면 소들이 알아서 벌집이나 뱀을 피해 풀을 뜯는데 어떤 때는 벌집을 건드려 벌떼의 공격을 받는 수가 있습니다.

소들도 자기의 실수를 금방 알아차리고 사람도 뿌리치

고 줄행랑을 놓습니다.

벌에게 몇 방 쏘이기라도 하면 정신없이 도망을 갑니다.

심한 경우에는 1~2km 이상 달아나는 수도 있습니다.

이런 때는 사람의 힘으로 잡을 재간이 없고 스스로 안정을 찾도록 가만둬야 했습니다.

정신없이 도망을 치다가 자기 생각에 어느 정도 위험 지대를 벗어났다 싶으면 물을 찾아가 한없이 들이킵니다.

벌들도 자기들 집을 지키기 위해 침입자를 추방하는

것이지 다른 동물들을 할 일 없이 공격하는 일은 없습니다.

그래서 어느 범위 이상 도망가는 것이 확인되면 그 이상 추격하는 일은 없습니다.

소도 물을 먹고 숨을 좀 돌리고 나면 아픈 곳을 헛바닥으로 진정시킨 다음에 주인을 찾아 슬슬 되돌아옵니다.

이런 때는 다독여주고 위로를 해 줘야지 혼자 도망갔다고 야단을 치면 소도 잘 따르지를 않습니다.

무섭게 달리는 모습을 보고 저돌적이라고 하지만 '벌 쏘인 소 같다' 고도 합니다.

20

조심스러운 소걸음

흔히 하는 말이 '소같이 미련하다' 고 하지만 소들을 가까이 해 보면 미련하기보다는 침착하다는 생각이 듭니다.

농촌 마을 어귀에는 커다란 정자나무가 서서 그 마을의 연륜과 품위를 자랑합니다.

여름에는 동네 남녀노소뿐만 아니라 지나는 행락객들의 쉼터가 되어주기도 합니다.

옛날에는 어린아이들을 돌보는 일은 할머니 할아버지가 하는 일이라 아이들을 데리고 정자나무 그늘로 모여들었습니다. 그런데 노인들이 이야기에 정신이 팔릴 때면 아이들은 아이들대로 놉니다.

걸음마라도 하는 아이들은 괜찮지만 겨우 뭉그적거리는 놈들도 때로는 길바닥까지 기어나갑니다.

이런 때 소떼라도 들이닥치면 무심했던 어른들이 소스라치지만, 길바닥에 앉아있는 어린 아기가 다치는 일은 없습니다. 소들이 천방지축으로 달리는 것 같아도 어린 아이가 다칠 정도로 조심성 없게 걷지를 않습니다.

농촌에서 아기가 소에 밟혀 다쳤다는 이야기를 들어본 사람은 없을 것입니다.

가만히 지켜보면 소들이 지렁이 한 마리 밟지 않습니다.

그래서 '소 뒷걸음치다 쥐 잡는다'는 말은 지어낸 말입니다.

소가 뒷걸음친다 해서 쥐를 밟을 리도 없고 소 뒷걸음에 밟힐 정도로 둔한 쥐도 없기 때문입니다.

21

✤

수소는 여자들을 깔보는 수가 있습니다

　암소들은 비교적 다소곳이 사람을 잘 따르지만 황소 (수소)인 경우 어느 정도 자라면 기 싸움을 잘 걸어옵니 다.

　저희들끼리 멀리 거리를 두고 있어도 이상한 소리를 내며 기 싸움을 벌이지만, 사람에게도 기 겨루기를 걸어 오는 수가 있습니다.

　이런 경우 남자들은 금방 혼을 내 기를 꺾지만 어린이 나 여자들은 기겁을 하고 달아납니다.

　사내아이들이 7~8세에 이르면 소를 맡아야 하기 때문 에 소 다루는 법을 가르칩니다.

　어른들이 지켜보는 가운데 소코뚜레에 고삐를 걸고 방

아다리 나무 사이로 조여 맨 다음, 소가 모르게 손에 돌을 쥐고 작은 손이지만 소의 콧등을 때리면서 매운 손맛을 보여줍니다. 피가 나오더라도 처음 손맛을 단단히 보여줘야 합니다.

그러면 아무리 덩치 큰 황소라 할지라도 쪼그만 아이지만 손맛이 무섭다는 것을 기억하고 다음부터는 겁을 내고 말을 잘 듣게 됩니다.

여자들은 처음부터 덩치 큰 황소를 보면 겁을 먹기 때문에 이놈들이 알아차리고 여자들을 보면 먼저 기를 꺾으려고 이상한 몸짓을 하며 겁을 주는 수가 있습니다.

이럴 때는 남자들이 가서 크게 혼을 내주면 다시는 이런 짓을 하지 않습니다.

제3막 다른 가축들과 까막까치

1

왕초 수탉

　토종닭을 넓은 마당에 풀어 놓고 기르면 반드시 왕초 노릇을 하는 수탉이 있습니다.

　이놈은 덩치도 크고 위풍도 당당하여 하는 행동도 왕초답습니다. 모든 가족들을 자기 휘하에 두고 일사분란하게 통솔하며 군림합니다.

　여러 마리의 다른 수탉들이 있어도 암탉들은 항상 왕초 차지이고, 다른 수컷들은 대장이 한눈을 팔거나 다른 암탉과 재미를 보는 사이에 잽싸게 시도해 보지만, 뜻도 이루지 못하고 대장에게 혼쭐만 납니다.

닭들은 계란을 하루에 한 알씩 낳는데 아침부터 알 낳기가 시작되어 오후 2~3시쯤이면 모든 암탉들의 알 낳기가 거의 끝납니다.

해가 서산으로 기울 녘 왕초 수탉은 암탉들을 하나하나 챙깁니다. 다른 수컷들도 마음이 들떠서 기회를 노려보지만 왕초 혼자서 20~30마리를 독차지합니다.

성남 분당 저수지 근처에서 닭을 기를 때입니다.

40~50마리 정도의 토종닭을 기르는데 흰옷을 입은 수탉이 몇 마리 있었습니다.

수탉들은 대개 화려한 붉은 색인데 그 때는 흰색 수탉이 대장 노릇을 하며 위세를 부렸습니다.

흰색이 화려하다 보니 목덜미에는 황금색이 엷게 돌고 꼬리에는 검은 깃털 하나가 곡선을 그리며 늘어져 있어 정말 멋졌습니다.

왕초로서 하는 짓도 당당하고 암탉들은 색깔 좋고 굵은 계란을 매일 잘 낳아 믿음직스럽고 보기도 좋았는데 어느 날 60대 중반쯤 되신 할머니가 그 대장을 보더니 팔라고 애걸을 했습니다.

자기 딸이 결혼한 지 5년이 지났는데 아직도 외손자를

보지 못해 사위에게 먹이고 싶다고 했습니다.

꼬리에 검은 깃을 단 흰 수탉을 먹으면 자손을 얻는다는 옛말이 있다면서 값은 얼마든지 줄 테니까 노인네 소원을 들어 달라고 간청을 했습니다. 그때 생닭 한 마리 1만 원쯤 할 때인데 6만원을 놓고 빼앗아 갔습니다.

그 멋진 놈이 없어 허전한 닭장이 되었지만 대장이 없어진 닭장에서는 금방 세력 다툼이 벌어졌습니다.

얼마나 그 자리를 노리고 있었던지 그야말로 사활을 건 대 혈투가 벌어졌습니다.

하루, 이틀이 지나도 워낙 비슷한 놈들이라 결판이 쉽게 나질 않는 것 같았는데 사흘째 쯤 새롭게 거들먹거리는 놈이 나타났습니다. 볏은 핏자국과 상처로 얼룩져 있었지만 분명히 승자의 위세였습니다.

그날부터 암탉들은 모두 그놈의 차지가 되었습니다.

더욱 재미있는 것은 며칠 지나지 않아 그놈의 풍채가 완전히 변해 지난 번 왕초처럼 검은 깃털 하나가 멋지게 늘어졌습니다.

세상 남자들도 좋은 자리에 있을 때와 물러난 후의 풍채가 차이가 나는 것도 수탉을 닮아서인 듯합니다.

2

대장 수탉의 아량과 책임

왕초 수탉은 풍채나 카리스마도 대단하지만 자기의 품위를 지키고 아량을 베푸는 데도 많은 노력을 합니다.

좋은 먹을거리가 있을 때는 반드시 암탉들과 어린 무리들을 불러 먼저 먹이고 난 다음에 자기가 먹습니다.

그러나 비슷한 또래의 수탉들이 자기 먹이를 넘보는 것은 허락하지 않습니다.

대장이 대장으로서의 권위를 지키기 위해 배고픔도 참는 극기를 합니다.

그래서 모든 암탉들은 항상 대장을 신뢰하고 대장이 부르면 으레 맛있는 먹을거리가 있으려니 하고 앞 다투어 달려갑니다.

　그러나 때로는 사랑을 하고 싶어서 거짓으로 불러댈
때도 있습니다.

　이럴 때는 암탉이 오자마자 사랑을 하지 않고, 옆걸음
으로 푸닥거리를 하면서 사과를 한 다음에 본래의 뜻을
나타내 암탉을 즐겁게 해 줍니다.

　뿐만 아니라 대장 수탉은 다른 집 수탉이 영역을 침입
해 오는 경우에는 있는 힘을 다하여 침입자를 추방하고
영역을 지키는 역할도 합니다.

　침입자를 쫓아낼 때는 여러 마리 수컷들이 공동 작전

을 펴지만 결투를 할 때는 대장이 혼자 감당합니다.

이때 한 번으로 끝날 수도 있지만 며칠을 두고 싸우는 경우도 있습니다. 이런 때는 처절하리만큼 깊은 상처를 입는 수도 있습니다.

그러나 대장으로서의 권위를 지키기 위하여 죽을힘을 다합니다. 만일 이 다툼에서 지는 경우에는 잃어버리는 것이 한두 가지가 아닙니다.

먹이 영역을 빼앗길 뿐만 아니라 자기 권속의 암컷들도 포기해야 하기 때문에 절대로 물러설 수 없는 싸움인 것입니다.

그래서 옆집 닭이 와서 싸움이 벌어졌을 때는 그들에게만 맡겨 두지 않고 사람도 거들어 쫓아내 줘야 합니다.

병아리를 까면 암탉이 데리고 다니며 기르지만 수탉도 주의를 게을리 하지 않습니다.

까마귀나 수리가 나타나면 수탉이 나서서 대항하고 병아리들을 지켜냅니다.

그리고 족제비나 고양이, 강아지 등이 접근해 오면 수탉은 큰 소리로 경계경보를 발령하고 병아리와 어미 닭은 잽싸게 피신합니다.

3

가져가지 마

우리는 요리 재료로 계란을 많이 쓰고 있지만, 사실은 사람들이 닭의 알을 빼앗아 먹고 있는 것입니다.

요즈음 흔히 먹는 계란은 대단위 양계장에서 대량 생산되는 계란들입니다.

농가에서 울 안에 풀어 놓고 기르기도 하는데 닭들은 안전한 곳에 알자리를 만들어 주면 그 자리에서 매일 알을 낳습니다.

알을 가져올 때는 닭이 자리를 비운 사이에 꺼내면 별일이 없습니다.

그런데 닭이 있을 때 알을 꺼내면 알을 못 가져가게 하려고 부리로 쪼거나 빼앗기지 않으려고 알을 감쌉니다.

이렇게 말리는데도 계속 알을 가져가면 닭들은 사람이 모르는 곳에 알을 낳으려고 안전한 곳을 찾습니다.

사람과 닭이 숨바꼭질을 하게 됩니다.

그래서 알을 가져올 때는 모두 다 가져오지 않고 한 알은 남겨 놓아야 합니다.

그래도 닭들은 여러 날을 낳았는데 항상 하나 밖에 없으므로 이상이 있다는 것을 알고 다른 곳에 숨어 낳기도 합니다.

사람들이 알을 감추지 않으면 한 마리가 대개 20여 개의 알을 낳고 20일 정도 품어 12~16마리 정도의 병아리를 깝니다.

닭들은 20여 개의 알이 모여야 품기 시작하는데 사람들이 매일 가져가니까 한 번 품을 만큼 모이도록 계속 알을 낳습니다.

그러다가 아무리 낳아도 모이지 않으면 적당한 시기에 알을 달라고 구구대며 가슴앓이를 합니다.

그때에 모아둔 계란을 여남은 개 넣어주면 알을 품고 병아리를 까게 됩니다.

4

병아리떼 뽕뽕뽕 ♩♬♪

우리 조상들은 음력 정월 대보름날 새벽에는 안마당에 솔방울을 한 삼태기 뿌려놓았습니다.

마치 병아리들이 마당 가득 노니는 듯합니다.

새해에 병아리들이 많이 태어나기를 비는 풍습이었습니다.

우수 경칩 때가 되면 닭들은 알을 낳아 모으기 시작해 춘분 경에 알을 품습니다.

복사꽃과 노란 개나리꽃이 필 때면 어미 닭이 품고 있던 계란 껍질을 깨면서 병아리가 태어납니다.

같은 시간에 품기 시작해도 깨어나는 데는 약 하루 정

도의 차이가 나기도 합니다.

　어미닭이 알을 품고 골고루 굴리면서 체온으로 부화를
하는데 여러 개의 알을 한꺼번에 품는 일이라 열을 미처
덜 받은 놈은 병아리가 되는데 좀 늦는 수가 있는 것 같
습니다.

　아직 알 속에 있는 놈도 있고 먼저 깨고 나온 놈은 노랑
깃털에 물기가 마르면 바깥세상이 궁금해 어미 닭 날개
사이로 예쁜 얼굴을 내밀며 삐악삐악 소리를 내기도 합
니다.

닭은 젖이 없기 때문에 갓 태어난 병아리는 계란 속의 노른자위를 뱃속에 안고 나와 식물의 떡잎처럼 영양분 삼아 살아갑니다.

늦둥이까지 다 깨어나면 우선 좁은 둥지로 나와 어미의 날개 밑을 의지하고 2~3일 다리 힘을 올린 다음 넓은 마당으로 나옵니다.

20여 일 계란을 품는 일이 얼마나 힘든 일인지 어미닭은 가슴 털이 다 닳아 횡할 정도입니다.

그래도 병아리들을 조랑조랑 데리고 다니며 먹이를 찾아 입으로 잘근 잘근 씹어 병아리들에게 골고루 먹입니다.

이때는 수탉도 하늘과 주변을 주의 깊게 살피면서 경계령을 발동하거나 먹이를 찾는 것을 도와줍니다.

수탉과 암탉이 병아리 떼를 데리고 이 구석 저 구석으로 노니는 모습은 참으로 아름답습니다.

그러나 병아리들의 날개깃이 나고 어느 정도 자라 스스로 먹이를 찾아 먹을 정도가 되면 어미 닭은 무섭게 병아리들을 다루며 홀로 살기 훈련을 시킵니다.

엄마와 떨어지기 싫어 어리광을 부려보기도 하지만 정을 뗄 때는 사정없이 내쫓습니다.

5

오골계의 집념

오골계는 문자 그대로 뼛속까지 검어서 오골계라 합니다만 뼈가 검다고 깃털까지 검은 것은 아닙니다.

우리나라의 토종 오골계는 까마귀처럼 깃털까지도 검은 색이지만 간혹 하얗거나 갈색 오골계도 있습니다.

일반 닭들과 같이 길러도 잘 어울리지 않고 자기네들끼리 어울립니다.

체질은 약하다고 알려져 있어도 일반 닭들과 다툼이 있을 때는 물러서지 않고 사납게 덤빕니다.

머리의 볏 모양이나 다리에 털이 많이 나는 것은 일반 닭들과 다르고 발가락이 5개인 것이 별도의 무기인 듯합니다.

　어느 해 봄에는 황매덩굴 밑에 스스로 둥지를 만들고 예쁜 알을 예닐곱 개를 품고 있었습니다.

　하필 그 해는 봄비가 제법 많이 내려 병아리 부화가 어렵겠다고 생각을 했는데 비가 그친 후 가 보았더니 알을 전부 구하지는 못하고 네 개의 알만 높은 곳으로 끌어 올려 품고 있었습니다.

　물구덩이에서 최소한의 알이라도 구출했던 것입니다.

　말 못하는 짐승이지만 자기 새끼 사랑이 지극하여 4마리의 병아리를 까는 데 성공하였습니다.

　그 악착같은 집념을 보면서 '지성(至誠)이면 감천(感天)'이란 생각이 떠올랐습니다.

　또한 미리 알아서 보살펴 주지 못한 것이 미안했습니다.

6

닭싸움

사람들은 시원찮은 싸움을 닭싸움 같다고 합니다.

정말로 대부분의 닭싸움은 싱거울 때가 많습니다.

옆집 닭이 침입을 했거나 프로싸움닭이 싸울 때는 목숨을 걸 정도로 심각하지만 한집에 사는 식구들끼리의 다툼은 별로 심각하지 않습니다.

닭들은 어린 병아리 때부터 장난삼아 수시로 싸움을 합니다.

특히 변성기 때가 사춘기인지 이때는 눈만 마주쳐도 한바탕 싸움이 됩니다.

그런데 심각하게 붙었다가도 언제 그랬느냐는 듯 멀뚱멀뚱하며 먼 산을 쳐다봅니다.

그런 때는 싸웠다는 자체도 잊어버린 듯 고개를 갸우 뚱하며 바로 딴 짓을 하게 됩니다.

그래서 금방 싸우던 싸움을 까맣게 잊어버리는 것을 보고, 잘 잊어버리고 머리 나쁜 사람을 닭 머리 같다고 하나 봅니다.

정말로 닭싸움은 보는 사람도 싱거울 정도입니다.

그런가 하면 남의 싸움에 끼어들기도 잘합니다.

끼어들어 싸움을 가로채면 원래 싸우던 놈은 언제 싸 웠냐는 듯 천연덕스럽게 다른 짓에 몰두합니다.

그러다가 어떤 때는 패싸움이 벌어지는 수도 있습니 다.

정말 닭싸움은 알다가도 모를 일입니다.

어른들은 이를 보고 싸워야 잘 큰다고 합니다.

아이들의 싸움도 이와 같은가 봅니다.

7

깔끔이 돈공(豚公)

사람들은 돼지들을 보고 지저분하다고 하지만 이는 돼지들의 천성이 그런 것이 아니라 사람들의 잘못이라는 것을 알아야 합니다.

돼지를 길러 보면 깔끔한 성미라는 것을 알게 됩니다.

애초에 돼지우리를 지저분하고 질척한 곳에 정해 놓아 돼지들이 어쩔 수 없어 지저분하게 살고 있을 뿐인데 원래 그런 짐승으로 오해를 받고 그런 대우를 받으며 사는 것입니다.

시설 자체를 깨끗하고 위생적으로 해 주면 놀랄 정도로 깔끔한 생활을 합니다.

돼지우리는 편하게 쉬는 쾌적한 자리와 용변 보는 습

한 장소를 구분해 놓아야 합니다.

바닥을 배수가 잘 되도록 경사지게 해 놓으면 돼지가 장소를 구분해 사용합니다.

대소변은 습기가 있는 화장실에서만 보고 잠은 깨끗한 잠자리에서만 자는 것입니다.

물 먹는 음수 꼭지를 설치해 주고 마른 사료 먹이를 주면 스스로 자기 집을 깨끗하게 유지하는 모습을 볼 수 있습니다.

또 목욕도 좋아합니다. 더운 날 시원한 물로 목욕이라

도 시켜주면 아주 좋아합니다.

우리나라에서는 돼지는 우리에 가두어 키우는 것이 관습이지만 돼지를 방사하는 나라도 적지 않습니다.
이런 지역의 돼지는 개처럼 주인의 말을 잘 듣고 잘 따릅니다.
제대로 대우도 해 주지 않고 천한 짐승으로 멀리하다 보니 그들도 사람들에게 정을 줄 기회를 가질 수 없는 것입니다.

8

칠면조의 관절염

칠면조 병아리를 사다가 집에서 길렀습니다.

칠면조는 자라는 속도가 닭과는 비교가 되지 않습니다. 처음에는 별로 크지 않았는데 어느 정도 자라면 닭보다 월등하게 잘 자랍니다.

칠면조 새끼는 병아리처럼 귀엽지는 않습니다.

처음에는 오리 새끼 정도였지만 먹성이 좋아서 아주

잘 자랐습니다.

잘 먹고 잘 자라는 것이 예뻐서 먹는 대로 먹이를 주었더니 탈이 났습니다.

그래도 암컷은 괜찮았는데 수컷은 워낙 빨리 크고 덩치가 커서 그런지 무릎 관절이 고장났습니다.

관절이 부어오르면서 걸음을 제대로 걷지 못했습니다.

그래도 먹는 것을 자제 못하고 먹어대니 덩치는 계속 컸고 무릎관절은 여러 가지 약을 써도 별효과를 보지 못했습니다. 보기가 안쓰러워 부목을 대주고 붕대로 의족처럼 처치를 해 보았지만 행동이 어설픈 것은 어찌할 수 없었습니다.

칠면조는 자랄 때 먹이조절을 잘해 주었어야 하는데 먹는 대로 내버려둔 것이 잘못이었던 것 같았습니다.

그래도 "껄끄덕 껄끄덕" 우는 소리를 내며 낯선 사람이 왔다는 것을 알려 밥값을 하기도 하고 꼬리 부채를 세우면서 칠면조 구실을 했습니다.

친구들이 놀러 온 날, 결국 처리를 했지만 마지막으로 필자에게 준 시선은 여러 가지로 원망이 섞여 있는 듯했습니다.

그 후 다시는 칠면조를 기르지 않았습니다.

9

기러기 아빠

'기러기 아빠'라고 하면 자녀들 유학 때문에 가족들이 서로 헤어져 다른 나라로 가고 아빠 혼자 한국에 남아 있는 경우를 말하는데 진짜 기러기 아빠가 되어 보면 참 재미있습니다.

분당 율동에서 주말농장을 할 때 부화기를 사다 병아리도 까고 기러기 알도 부화시켰습니다.

영화 '아름다운 비행'처럼 실제로 기러기는 이 세상에 태어나 처음 눈에 들어온 대상을 엄마로 생각했습니다.

부화기의 병아리들은 스스로 껍질에 구멍을 뚫으면 그 다음에는 사람이 껍질을 벗겨주며 도와야 합니다.

기러기 병아리들은 껍질을 벗겨준 필자를 정확하게 기억하고 기러기 집 근처에 가면 항상 주위로 몰려들었습니다. 그러면 아빠로서 한 놈 한 놈 안아주고 머리도 쓰다듬어 주면 아주 좋아했습니다.

　병아리 시기를 지나 중병아리 정도가 된 후부터는 안아줄 수가 없어 모이를 주는 것으로 대신했지만 그들이 나를 좋아하는 것같이 틈만 나면 나도 그들이 노는 데를 자주 가게 되었습니다.

10

까마귀의 아이큐

　까마귀는 새들 중에서 제일 머리가 좋다고 합니다. 옛날에는 마을 주변 숲에 집을 짓고 살면서 그 마을에 사는 사람들을 모두 기억하였답니다.

　그리고 마을사람 중에 누가 세상을 떠날 때가 되면 미리 아는 듯해서 마을에 환자가 있을 때 까마귀가 울면 '이제 돌아가시겠구나' 하고 마음의 준비들을 했다고 합니다.

　참으로 영특하게도 틀림이 없어서 저승사자의 길잡이라고도 했습니다.

　언제부터인가 까마귀가 몸에 좋다는 소문이 퍼지면서 한 마리에 30만원까지 거래가 된다고 하더니 이를 알아

차린 까마귀들이 사람들을 피해 멀리 떠나버려 마을 주
변이나 사람들이 사는 근처에서는 까마귀를 보기 어렵게
되었습니다.

　요즈음 까마귀를 보려면 깊은 산속 절터 근처에 가야
합니다. 까마귀들이 스님들은 살생을 하지 않고 육식을
금하고 있다는 것을 알기 때문에 안전한 사찰 근처에서
사는 것 같습니다.

　그리고 까마귀는 명당 근처에서만 산다고 합니다.

　이렇게 사악한 사람들을 피할 줄 알고 명당을 고를 줄
아는 것을 보면 확실히 영리한 것 같습니다.

　옛날에는 건망증이 심한 사람을 보면 '까마귀 고기를

먹었나' 했습니다.

전신이 까맣다는 특징과 까맣게 잊어버린다는 표현의
공통점으로 생긴 말인 것 같습니다.

한편 너무 고기 맛이 좋아서 상감님께만 진상하고 일
반 백성들은 먹지 못하게 하려고 '까마귀 고기를 먹으면
정신이 없어진다'는 말을 퍼트린 것이라는 속설도 있습
니다.

까마귀는 가끔 어린 병아리를 훔쳐 가기 때문에 닭들
과는 상극입니다.

사람들과도 별로 좋지 않은 사이입니다.

특히 농사 지어 놓은 과일이 익을 때면 잘 익고 좋은 것
들만 골라서 시식을 하기 때문에 사람들과의 관계가 더
욱 좋지 않습니다.

그러나 소들과는 친한 편입니다.

소 배설물에 모여드는 벌레를 잡아먹기도 하고 몸에
붙어 있는 진드기를 떼 주기 때문에 서로 좋아하는 편입
니다.

11

까치와 땅콩 전쟁

까치도 까마귀와 마찬가지로 머리가 좋아 마을 근처에 살면서 마을 사람들을 모두 기억하고 있다고 합니다.

들판이나 숲에서 놀다가 낯선 사람이 오면 얼른 마을에 날아와 손님이 온다고 "깍 깍 까악" 짖었습니다. 그래서 반가운 손님을 안내하는 길조로 알려져 있습니다.

그러나 가까이 해 보면 까치는 교활하고 성가신 날짐승임에 틀림없습니다.

옛날에는 그렇지 않았던 것 같은데 요즈음은 농작물이나 과수에 끼치는 해코지가 여간 심하지 않습니다.

밭에 땅콩을 심어 놓으면 알이 익는 대로 파먹기 때문에 검은 비닐로 멀칭(mulching)을 하고 심었습니다.

그런데도 땅 속에 있는 땅콩 알이 익어 가는 것을 어떻게 아는지 알이 차는 대로 비닐을 찢고 파먹습니다.

자연 보호도 좋고, 동물 보호도 좋지만 애써 지은 농작물을 못 쓰게 망쳐놓는 이놈들을 좋게 보기는 어렵습니다. 약이 올라 스포츠용 공기총을 들고 나가면 벌써 알아차리고 멀리 나뭇가지 위로 날아가 지켜봅니다.

한두 번 시도해 봐야 허사가 되면서 작전을 달리 했습니다. 미리 총을 은밀하게 감추고 숨어 있으면 이들은 순찰을 해본 다음에 서로 신호를 하며 모여듭니다.

요렇게 영리한 놈들이라면 일벌백계로 한 놈을 잡아 본보기로 걸어놓으면 안 오겠지 하고 시체 하나를 매달아 놓았습니다. 그래도 날아와서 땅콩을 파먹습니다.

'어디 보자' 하고 또 쏘아서 두 마리를 매달았습니다.

그래도 또 왔습니다.

이때는 정말로 화가 나서 또 쏘아서 세 마리를 매달았습니다. 그때부터는 오지 않았습니다.

그놈들과의 기 싸움과 고집 꺾기에 이긴 것 같았지만 몸서리가 쳐졌습니다.

12

까치들의 엄호

까치들과 땅콩 밭 전투는 간단하게 끝났던 것은 아니었습니다.

사람이 나타나면 높은 나뭇가지로 멀리 피신을 하지만 땅콩이 익어가면서 모여드는 숫자는 더 늘었습니다.

마치 밭떼기로 결딴을 내야겠다는 듯 떼거리로 몰려왔습니다.

잠시라도 밭 주위를 떠나면 어디서 망을 보고 있었는지 떼로 몰려와 밭을 못 쓰게 만들어 놓고 춤추듯 날아갑니다. 이렇게까지 되고 보니 감정싸움으로 확대되어 다른 일을 제쳐두고 총을 들고 나섰습니다.

그렇지만 쏜다고 해서 다 명중이 되는 것은 아니었습

니다. 한 번은 숨어 있다가 밭 근처로 날아와 앉은 놈을 쏘았는데 날갯죽지에 설맞아 비명을 지르며 근처 산으로 도망갔습니다.

제대로 날지는 못하면서 퍼덕거리며 도망을 가는데 온 마을 까치들이 비명소리를 듣고 다 모여 들었습니다.

아마 그들끼리는 누가 위기에 몰리면 같이 도와서 구출하기 로 되어 있나 봅니다.

두 패로 나뉘어 한 패는 도망가는 놈을 도와주고, 한 패는 수십 마리가 필자를 향해 공습을 하는데 정말로 겁이 날 정도였습니다.

비행기가 폭격을 하듯 줄을 지어 곤두박질을 하면서 위협했습니다. 사람이니까 망정이지 만일 짐승이었더라면 그 등살에 살아남지 못할 것 같았습니다.

정말 무서웠습니다.

까치는 까마귀처럼 보약이 된다는 이야기도 없는지 그 개체가 날로 늘어납니다.

까치는 반가운 길조라 하지만 전신주에 까치집을 지어 합선 사고를 내는 것 외에도 농작물이나 과수에 주는 피해가 너무 많아 농민들로부터는 길조 대접을 받지 못합니다.

13

까치와 뱀

까치와 뱀은 상극 중의 상극입니다.

뱀이 까치 알이나 까치 새끼를 너무 좋아하기 때문입니다. 까치는 뱀을 피하기 위해 높은 나뭇가지에 집을 짓거나 전신주에다 집을 짓습니다.

한전 직원들이 그렇게 열심히 부수고 집을 못 짓게 하는 장치를 하지만 기를 쓰고 전신주 위에 집을 짓겠다고 고집을 하는 것은 뱀들이 매끈한 콘크리트 전신주에는 올라올 수 없다는 것을 알고 더욱 선호하기 때문인 듯합니다.

초여름이 되어 미루나무 새잎이 싱그럽게 피어날 때면 까치 부부는 그동안 열심히 지어 놓은 보금자리에 알을 낳고 부화를 시작하는데 이때가 뱀에게는 보신의 계절입니다.

그 높은 가지 위에 있는 까치 알을 어떻게 아는지 어슬렁어슬렁 나무 위로 기어 올라갑니다.

온 마을 까치들에게 비상이 걸리고 모두가 함께 야단을 쳐 보지만 뱀에게는 속수무책으로 당하고 맙니다.

뱀은 아랑곳하지 않고 유유히 올라가 까치집을 점령하고 포식을 합니다. 애써 부화를 끝낸 새끼까지 먹어치우기도 합니다. 그래서 까치들이 가장 싫어하고 경계하는 대상이 뱀입니다.

짐승들은 다른 짐승의 새끼들을 먹이로 삼곤 하는데 까치들도 까마귀와 마찬가지로 집에서 기르는 병아리를 틈만 나면 훔쳐 갑니다.

그런데 시골 담벼락 위에 커다란 구렁이가 햇볕을 쪼이고 있으면 까마귀나 까치들이 병아리를 넘보지 못합니다. 그래서 시골집에 있는 큰 구렁이는 지킴이라 해서 몰아내거나 죽이지 않습니다.

어떤 이는 음력 초하루 보름으로 밥을 지어 올리기도 했는데 그러면 구렁이가 외줄로 쭉 먹어 나간다고 합니다.

14

비둘기와 콩밭

농사짓는 사람들은 기르는 가축은 아끼고 사랑해도 야생 조류들이나 짐승들과는 항상 적대 관계일 수밖에 없습니다.

물론 그들의 놀이터요 먹이 터를 인간들이 점령하고 농사를 지으며 독차지하니까 그들의 천부적인 소유권을 주장하는 것이겠지만 사람은 애써 가꾼 농작물을 먹어치우고 못쓰게 만들기 때문에 날짐승들과 들짐승들을 미워하게 됩니다.

짐승들마다 해를 끼치는 부분이 다른데 비둘기가 농작물에 끼치는 해도 아주 많습니다.

옛말에 마음이 다른 데 가 있는 사람을 보고 '마음이

콩밭에 가 있다' 라고 했는데 비둘기를 두고 하는 말입니다. 콩밭에 콩씨를 뿌려서부터 콩이 익어 터지고 추수가 끝나도 콩밭은 비둘기들의 밥상입니다.

그만큼 비둘기들은 콩을 좋아합니다.

콩뿐만이 아닙니다. 참깨나 들깨를 뿌려 놓으면 그 작은 깨알을 어떻게 찾아내는지 뿌려 놓은 골을 따라 낱낱이 주워 먹습니다.

이런 심술을 보고 어찌 평화의 사신이라 할 수 있겠습니까?

그래서 요즘은 콩이나 들깨는 모종을 부어 비닐로 덮거나 비닐하우스 안에서 모종을 길러 이식을 합니다.

그렇지 않고는 당해낼 재간이 없습니다.

산을 좋아하는 사람들은 마을이나 도회 근처의 산을 오를 때, 특히 날씨가 음침하거나 해질녘쯤에 무언가 구슬픈 울음소리를 들은 적이 있을 것입니다.

이 슬픈 소리가 비둘기의 울음임을 아는 사람이라면 아마 시골 출신들일 것입니다.

산새들의 노래가 시가 되고 노래가 되는 수는 종종 있어도 처량한 비둘기 울음소리를 노래한 시인은 별로 없었던 것 같습니다. 서낭당 근처에서 듣는 비둘기 울음은 더욱 구슬픕니다.

15

후투티네 가족

수원 근교 오목내에 살 때 이야기입니다. 식당 창문에서 10m도 안 되는 거리, 담 넘어 옆집 기와지붕 밑에 후투티 내외가 둥지를 준비하고 있었습니다. 두 마리가 바쁘게 깃털이나 지푸라기를 물어 나르는 모습이 무척 서두는 듯했습니다.

식당 창문을 닫아 놓고 있으면 우리 가족들의 움직임이 잘 보이지 않는지 조금도 아랑곳하지 않았습니다.

그렇게 며칠이 지나 신록이 한창 우거질 즈음부터는 들락날락거리는 횟수가 줄어든 것을 보니 암놈은 알을 품고 있고 수놈이 먹이를 나르는 듯했습니다.

그리고 2주쯤 지나 암수 두 마리가 바쁘게 먹이를 나르고 조용히 들어 보면 새끼들이 찍찍대는 소리도 들렸습니다.

얼마 후에는 새끼들이 먹이를 서로 받아먹으려고 집 밖으로 모습을 드러냈습니다.

그 집에도 새끼가 세 마리인 듯했습니다.

우리 아이들이 자기 것을 정하고 싶었지만 너무 닮아서 분간하기 어려웠습니다.

이때부터 우리 가족들의 관심이 더 높아졌습니다.

그들의 동태를 제일 자세하게 알기는 엄마였습니다.

엄마가 부엌에 머무는 시간이 많아서였고 우리 세 딸들은 아침에 일어나거나 학교에서 돌아오면 후투티네 가족부터 살폈습니다.

학교에서 자랑을 했는지 친구들까지 몰려와 숨을 죽이고 살폈습니다.

후투티는 여름 철새로 새끼를 까기 위해 우리나라 중부지방을 찾는다고 합니다.

우리나라 텃새들은 별로 아름답지 않은데 여름 철새들은 색깔도 찬란하고 예쁘고 잘 생긴 놈들이 더러 있습니다.

드물지만 파랑새도 예쁘고, 흔히 보이는 꾀꼬리도 예쁘고 남해 섬 지역에서 가끔 관찰되는 팔색조도 아주 예쁘지만 후투티도 꽤 아름다운 편입니다.

특히 긴 부리와 머리의 깃털을 세웠을 때는 정말 멋집니다.

파도처럼 나는 모습과 날개를 폈을 때가 무척 우아합니다.

땅 속에 살고 있는 지렁이나 땅강아지를 어떻게 찾아내는지 긴 부리로 잘도 찾아냅니다.

새끼들이 날갯짓을 시작하고 덩치가 어른스럽게 자라니까 집이 좁아서인지 후투티네 다섯 식구는 근처 나무 숲에서 머물더니 멀리 떠나버렸는지 보이지 않았습니다.

우리도 그 집에서 이사를 해서 다음 해에 또 왔는지는 잘 모릅니다.

제4막 외국에서 만난 동물들

1

스리랑카의 소들

인도 대륙의 끝자락, 동양의 진주라 불리는 스리랑카는 불교 국가로 살생을 금하는 생활을 하고 있어 자연과 사람이 한데 어우러져 사는 모습을 흔하게 볼 수 있습니다.

특히 소에 대한 인식은 윤회 과정에서 사람으로 태어나기 전단계로 생각하는 관념이 있어 대단히 귀한 존재로 대접하고 있습니다.

그래서 수도인 콜롬보의 중심가 로터리나 시청 앞 광장 대로에서도 소들이 유유자적 노니는 모습을 볼 수 있습니다.

주인 없는 소들이 차도를 지나갈 때는 차들이 멈추어

기다려야 하고 경적을 울려서도 안 됩니다.

거리를 나다니거나 나무 그늘에서 한가롭게 쉬고 있는 소들을 자세히 보면 뿔에 색동으로 칠을 한 소가 있는가 하면 아무런 치장도 하지 않은 소가 있습니다.

아무런 치장도 하지 않은 소는 주인이 없는 소로 자연스럽게 살고 있는 소들이고 뿔에 단장을 한 소들은 돌봐주는 주인이 있는 소들입니다.

주인이 있는 소들도 일을 시키거나 길러서 고기소로 팔기 위해 사육하는 것은 아닙니다.

다만 여유 있는 가정에서 보시를 하는 의미로 편안하게 돌봐주고 있는 것입니다.

그래서 소를 많이 기르는 집일수록 주변에서 존경받는 집이 되고 어느 정도 능력만 있으면 소를 기르고 있습니다.

가정에서 돌봐주는 소들도 할 일이 없습니다.

때맞추어 주는 사료나 먹고 마음 내키는 대로 외출해서 아무 곳에나 거리낌 없이 다니다가 집으로 돌아와서 쉬어도 되고 며칠 집에 들어오지 않아도 상관없습니다.

그러나 소를 사육하는 사람이 소홀하게 관리하여 소가 누추해 보이면 그것은 남들로부터 욕먹을 일이 됩니다.

그래서 주인 없는 소들은 좀 누추해 보이기도 합니다.

들일이나 수레를 끄는 힘든 일들은 열대지방에 많이 있는 회색 물소들이 합니다.

같은 소지만 일반 소들은 귀족대접을 받아서 그런지 귀티가 납니다.

소로 태어나려면 스리랑카나 힌두 교리를 생활화하는 지역에서 태어나면 그야말로 극락왕생일 것 같습니다.

2

스리랑카 해변의 파라다이스

　몇 해 전에 인도네시아에서 일어난 쓰나미가 스리랑카 서남부 해안을 강타해서 크게 피해를 입힌 일이 있었습니다.

　그 일이 있기 전의 그 지역은 아주 좋은 휴양지였습니다.

　근세에 4세기 정도 유럽의 지배를 받았기 때문에 고급 숙박 시설들과 청정 해안이 어우러져 최상의 휴양지로 보존되고 있었습니다.

　이러한 우수한 환경과 시설에 비하여 숙박료나 음식 값이 비싸지 않고 풍성한 열대과일과 싱싱한 해산물, 동서양 음식이 다양하게 준비되어 있어 먹고 쉬기에는 아주 좋은 곳이었습니다.

12가지의 카레, 12가지의 쨈, 12가지의 빵이 다른 음식들과 함께 진수성찬으로 준비되어 있어 맑고 깨끗한 열대의 바다에서 놀다가 나와서 먹고 또 바다로 들어가 노는 그야말로 파라다이스였습니다.

먹을거리와 청정 바다도 좋지만, 이곳은 자연과 사람과 동물이 모두 함께입니다.

사람들이 살기(殺氣)를 품지 않아서인지 동물들도 거리낌 없이 사람에게 다가옵니다.

식당에서 음식을 먹으면 어디서 나타났는지 다람쥐가 창문가에 다가와 두 손을 비비며 재롱을 피웁니다.

귀엽고 앙증스러워 과일조각이나 빵조각을 주면 그 자리에서 예쁘게 받아먹습니다.

또 주면 또 받아먹고, 어느 정도 배가 찼는지 양 볼이 볼록해지도록 물고는 사라집니다.

그리고 얼마 지나면 다른 놈이 또 옵니다.

마찬가지로 열심히 받아먹고 갑니다.

그러노라면 멀리 나무 위에서 바라보던 까마귀가 창문가로 날아옵니다.

조금도 두려움이 없습니다.

생선 같은 먹을거리를 주면 그 자리에서 맛있게 먹습니다. 이런 모습을 식당 종업원이 봐도 아무말도 하지 않습니다.

짐승을 쫓아내라거나 그러지 말라거나 아무 간섭 없이 무심합니다.

아마 이런 일들은 무시로 있는 일인 것 같았습니다.

이뿐만이 아닙니다.

밤이 되어 해변 벤치에 앉아 있으면 게들이 파리 떼처럼 몰려와 발등을 간질이고, 물속에 들어가면 온갖 열대어들이 먹을 것을 달라는 듯 몰려듭니다.

식빵가루를 풀면 멀리서도 알아차리고 달려와 서로 먹이 다툼을 합니다.

스노클링 물안경을 쓰고 조금 더 들어가면 온갖 모양의 산호초들이 바다 속 도원경을 이루고 서너 자는 됨직한 거북이가 다가와 등에 매달려도 그대로 유유히 헤엄칩니다.

파라다이스를 직접 체험해 보고 싶은 사람은 이곳에서 한 1주일 머물면 모두가 하나가 될 수 있다는 것을 경험하게 될 것입니다.

3

스리랑카의 자연보호와 코끼리 고아원

동물의 왕국은 약육강식(弱肉强食)의 살벌한 아비규환(阿鼻叫喚)이지만, 스리랑카는 동물의 천국임이 맞을 것입니다.

먹이사슬의 최고 위치를 차지한 사람들이 전혀 살의를 품지 않고 동물들을 대하기 때문에 모든 동물들이 사람을 경계하지 않습니다.

스리랑카 사람들은 동물뿐만 아니라 자연도 사랑하기 때문에 스리랑카는 전국이 식물원 같습니다.

자동차로 도로를 달리다 보면 몇 백 년은 되었음직한 큰 나무들이 가로수로 그 위용을 자랑하고 누하라엘리야 같은 고산지대에서는 2천년이 넘었다는 귀티 나는 향나

무 가로수도 볼 수 있습니다.

　이처럼 자연을 아끼고 사랑하며 자연과 더불어 평화로
운 삶을 누리는 스리랑카는 보다 더 적극적인 방법으로
자연보호를 하는데 가장 돋보이는 예로 코끼리 고아원을
들 수 있습니다.

　고아원이라기보다 요양원이 더 적합하겠습니다.

　병든 코끼리나 어미 잃은 아기 코끼리, 늙은 코끼리들
을 한 군데 모아 국가적으로 보호하고 있는 시설이 중부
내륙 캔디 근처의 핀나웰라에 있습니다.

　여기에 넓은 부지를 마련하고 전문 관리 인력들이 코
끼리들을 치료하고 매일 목욕까지 시켜 주면서 정성으로

돌보고 있습니다.

　이러한 시설을 유지, 운영하는 데는 많은 예산이 쓰일 터인데도 주요 국가사업으로 하고 있는 것은 명성이나 관광자원의 의미를 넘어 고통 받고 있는 짐승들을 외면할 수 없는 스리랑카 사람들의 마음이라는 것을 읽으면 그 가치는 더욱 높아 보입니다.

　그래서 이 코끼리 고아원은 스리랑카를 방문하는 관광객들이 필수 코스로 들르는 곳입니다.

4

아기코끼리의 분노

스리랑카의 코끼리 고아원은 코끼리들이 가장 편안하게 지낼 수 있도록 배려된 곳입니다.

나무들이 울창한 부지 안에는 코끼리들의 쉼터도 있고 물놀이와 목욕하기에 좋은 마하웰리강이 부지 가운데로 흐르고 있습니다.

관광객들이 특히 많이 모이는 곳은 아기 코끼리들에게 젖을 먹이는 곳인데 커다란 우유병을 빨고 있는 아기 코끼리들의 모습은 정말 귀엽습니다.

여기 있는 코끼리들은 스리랑카 사람들로부터 사람들과 같은 대접을 받고 사는데, 구경 오는 사람들은 세계 각지에서 오는 사람들이라 그들의 의식 수준과 관습대로 코끼리를 대하다 보니 작은 불상사가 생기기도 합니다.

어느 나라 사람이었는지는 모르지만 구경을 하면서 비에 젖은 우산으로 어린 코끼리의 몸을 쿡쿡 찌르면서 이야기를 하고 있었습니다.

그런데 가만히 참고 있던 아기 코끼리가 갑자기 코로 우산을 빼앗아 갔습니다.

구경꾼들은 삽시간에 일어난 일이라 모두가 놀랐는데. 더욱 놀라운 것은 그 우산을 앞발로 밟고 코로 꺾어 부시고는 그 사람에게로 휙 던져버리는 것이었습니다.

누가 보아도 그 모습은 불쾌하다는 표정과 반응이었습니다.

말 못하는 짐승이지만 느끼는 감정은 같았던지 그 사람의 태도가 여러 사람 앞에서 지탄을 받는 듯했습니다.

그날은 그 하나의 사건만으로도 코끼리 고아원의 가치를 충분히 느낄 수 있었습니다.

5

파리 루브르 광장의 참새

　1981년, 그때만 해도 외국 여행이 쉽지 않을 때였는데 필자는 유럽여행 기회가 있었습니다.

　파리에서 루브르박물관을 둘러보고 박물관 앞 공원에서 쉬고 있는데 가까운 의자에 앉아 있는 어느 신사 주변으로 참새들이 떼로 몰려들어 그 분의 어깨와 손바닥에 내려앉아 손에 쥐고 있는 모이를 먹고 있었습니다.

　그때는 그러한 모습이 너무도 신기했습니다.

　가까이 다가가 보니 참새들의 모양이나 털색은 우리 참새들과 같은데 어떻게 사람을 겁내지 않는지 이상했습니다.

　우리나라 참새들은 가을에 벼가 익어 고개를 숙일 때

가 되면 떼로 몰려와 익어가는 곡식을 못 쓰게 만들고 마당 멍석에 널어놓은 곡식도 훔쳐 먹으려고 성가시게 하기 때문에 우리 농민들과는 사이가 좋지 않았습니다.

70년대 이전 대부분의 농촌이 초가지붕일 때는 저녁으로 처마 끝 보금자리에 들어 있는 참새들을 잡아 구이를 해 먹기도 했습니다.

그러니 한국의 참새들은 사람을 보면 죄책감이나 두려움으로 도망가기가 바빴을 것입니다.

그러나 파리 도심의 참새들은 서로 괴롭힌 일이 없기 때문에 사람을 피할 일도 없고 귀여움까지 받고 있었습니다.

그러니 짐승들과 사람들 간에는 말은 통하지 않아도 살의가 있는지 없는지 서로 통하는 것 같았습니다.

서로 믿고 친하게 지내는 모습이 너무도 좋아 보였습니다.

6

알라스카 Chena 온천장 무스와의 조우

    알라스카 북극권 근처에 있는 도시 페어뱅크에서 동북쪽으로 60마일 정도 올라가면 Chena 온천지대가 있습니다. 2번 국도에서 갈라진 막다른 길 원시림지대에 있는 노천 온천입니다.

    필자가 갔을 때는 7월 초순이었는데 여기저기에 덜 녹은 눈들이 얼음덩이처럼 남아 있고 그 틈새로 예쁜 꽃들이 돋아나 여름을 마중하고 있었습니다.

    날은 새벽 1시 반경에 어두워지다가 3시 반경에는 다시 밝아졌습니다.

    이런 모든 것들이 신기하기만 한데 더 신기하게도 산자락으로 흐르는 시냇가 수면에서 김이 무럭무럭 나고 있었고, 사람들은 벌거숭이가 되어 노천 목욕을 하고 있는 것이었습니다.

이 온천은 1905년에 노다지를 찾아다니던 사람들이 발견하여 근래에 관광휴양지로 개발된 유명한 곳이라 했습니다.

온천장 근방은 원시림이라 으스스하고 곳곳에 곰에 대한 주의사항과 대피 요령이 적혀 있는 팻말이 서 있었습니다.

내용은 만일 곰이 나타나면 달아나지 말고 곰을 정면으로 노려보며 옷을 벗어 휘두르며 큰 소리로 구원을 청

- Chena 온천지대 -

하라는 것이었습니다.

조금 무섭기는 했지만 통상 하는 이야기겠지 하고 아내와 같이 이른 아침 산책을 나섰습니다.

오솔길도 좀 걸어 보고 싶었으나 아무래도 위험할 것 같아 어제 온천욕을 하던 노천탕 근처로 가는데 불과 10여 미터 정면에 경마용 말만한 짐승이 노려보고 있었습니다.

깜짝 놀라 걸음을 멈추고 쳐다봤더니 무스라는 큰 사슴이었습니다.

순간적으로 '사슴 종류라면 초식 동물이니까 곰처럼 덤비지는 않겠지' 하는 생각이 들었지만 꼼짝도 하지 않고 서로 노려보며 기 싸움을 하는 진퇴양난 상태가 되었습니다.

몽둥이나 돌멩이라도 집어야 할 텐데 눈을 뗄 수가 없었습니다.

그러나 대책은 있어야겠기에 돌을 주우려고 엎드렸더니 그 순간 그놈도 얼른 도망을 가버렸습니다.

1분-2분 정도의 짧은 순간이었지만 등골이 오싹했습니다. 다행히 공격은 받지 않았습니다.

옆에서 지켜보던 아내도 초주검이 되었습니다.

7

앵커리지 할아버지의 참변

알라스카는 경치도 좋고 볼거리도 많지만 9월부터 이듬해 5월까지 긴 겨울이라 관광객들이 여름에만 몰려 숙박시설이 귀한 편입니다.

그래서 관광객들은 대개 자가용 캠핑카(Home Car)나 캠핑카를 대절하여 여행을 합니다.

우리 일행도 앵커리지에 사는 동포의 캠핑카를 타고 다녔습니다.

그래서 그 친구에게 아침에 무스를 만났던 이야기를 했더니 큰일 날 뻔했다고 필자보다 더 놀라는 것이었습니다.

지난봄에 앵커리지에서 있었던 일인데 산과 들에 눈이

- 무스 새끼와 어미 -

너무 많이 쌓였으니까 무스가 새끼들을 데리고 앵커리지 도심까지 내려왔더랍니다.

이런 일은 흔히 있어 별난 일은 아닌데 눈싸움을 하고 놀던 아이들이 무스가 새끼를 데리고 나타나자 눈을 뭉쳐 무스에게 던졌더랍니다.

평소에는 사람을 공격하는 일이 별로 없는데 새끼를 데리고 있는 상태에서 공격을 받으니까 어미가 아이들을 향해 달려든 것입니다.

아이들은 잽싸게 도망을 갔지만 구경하던 한국인 할아버지가 어미 무스에게 당했다고 합니다.

할아버지는 몸이 민첩하지 못하셨기 때문에 그대로 당했는데 얼마나 무섭게 머리로 받고 발로 밟았는지 늑골이 모두 으스러져 그 자리에서 숨을 거두셨더랍니다.

사람들이 해코지를 하지 않고 그냥 지나치면 무스도 아무렇지 않게 놀다 가는데 아이들이 장난치는 것을 공격하는 것으로 알고 애꿎은 할아버지에게 화를 풀었던 것입니다.

그걸 보면 아무리 순하거나 나약한 동물일지라도 새끼를 데리고 있을 때는 무섭다는 것을 알고 조심해야 할 것입니다.

필자도 멋모르고 여행지에서 큰 변을 당할 뻔했습니다.

8

안데스산맥 라군의 플라밍고 홍학들

    남아메리카 대륙 서부에 길게 뻗쳐 있는 안데스산맥 정상에 위치한 볼리비아 알티플라노 고원지대는 폭이 600km나 되는 대평원입니다.

    이 지역은 지금도 융기 현상이 계속되고 있어 여기저기 활화산에서 하얀 실연기가 쪽빛 하늘로 올라가고 있는데 군데군데 라군이라는 크고 작은 호수들이 있습니다.

    이 호수들은 민물인 곳도 있고 소금 호수인 곳도 있는데 민물, 소금물 상관하지 않고 플라밍고 홍학들이 살고 있습니다.

    어떤 곳은 그 수를 헤아릴 수 없을 정도로 많은 무리가

호수를 뒤덮고 있습니다.

사람들이 가까이 가도 전혀 의식하지 않고 먹이 찾는 일에 심취해 있습니다.

기다란 다리로 얕은 호숫가를 누비며 뭉툭한 부리를 뒤집어 저으면서 먹이를 줍는 거대한 분홍색 깃털 무리의 모습은 살아 있는 한 폭의 그림이었습니다.

홍학은 아프리카, 유럽 남부, 카스피해 연안, 카리브해 연안, 인도 북서부 등에 폭넓게 서식하고 있는데 남아메리카 안데스 고지대 호수에 살고 있는 놈들은 덩치가 약간 작습니다.

4,000m가 넘는 고원지대 소금 호수에도 먹을 만한 생물이 있나봅니다.

 자연의 섭리는 참으로 오묘합니다.

 남극 빙산 아래 심해에서부터 이 높은 안데스 고원지대까지 한 군데도 그냥 놀리지 않는다는 것은 자연의 대단한 기획력인 것 같습니다.

9
안데스산맥 알파카의 자존심

    남미의 안데스산맥은 해발 3,500m 이상의 고산지대라 이 지역에 사는 동물은 한정되어 있습니다.

    이곳에 사는 라마와 알파카는 낙타과에 속하지만 낙타보다는 작은 체구이며 라마는 짐을 나르는 가축으로, 알파카는 털을 깎기 위해 사육되고 있었습니다.

    알프스산맥이나 북미의 로키산맥의 고산지대에도 일부 살고 있다고는 하지만 안데스 고산지대의 잉카 후손들과 같이 살고 있는 이들이 대표적이랍니다.

    옛날 잉카제국의 수도였던 쿠스코에서 세계에서 제일 높은 호수인 티티카카호가 있는 푸노로 가는 중간 지점

인 La Raya는 안데스산맥을 넘는 도로의 제일 높은 (4,335m) 곳입니다.

그래서 여기에 간이휴게소가 있는데 원주민들이 손으로 만든 기념품들을 진열해 놓고 팔기도 하고 기념사진을 찍는 분들을 위해 라마나 알파카를 데리고 나와 모델이 되어주기도 합니다.

여행자들은 차에서 우르르 몰려 내려와 제일 먼저 이 신기한 동물에게로 다가가 쓰다듬어도 보고 벌름거리는 입술을 만져보기도 하며 서로 먼저 사진을 찍으려고 한바탕 야단법석을 떱니다.

우리 일행 중에는 유럽에서 온 두 아가씨들이 있었는데 예쁜 미인들이고 성격도 활달하여 시선을 모으고 있었습니다.

그런데 한 아가씨가 알파카의 목을 안으며 사진 찍을 포즈를 취하자 갑자기 알파카가 숙녀의 얼굴에 허연 침을 한 움큼 뱉어 예쁜 얼굴이 침 범벅이 되어 버렸습니다. 그 모습을 본 모든 사람들이 놀라서 한 걸음 뒤로 물러서 다시 한 번 알파카를 쳐다봤지만 라마는 언제 그랬느냐는 듯이 태연하기만 했습니다.

나중에 안 일이지만 라마나 알파카는 무리를 다스릴 때 약한 놈에게 무안을 주는 방법으로 얼굴에 침을 뱉는답니다.

그래서 가끔 침을 뱉은 놈에게 덤벼들어 패권을 다투는 일도 종종 있다고 합니다.

주인에게 마지못해 끌려나와 모델 노릇은 하지만, 하루 종일 시키는 대로 같은 포즈를 취하는 이들로서는 아주 따분하고 자존심 상하는 일이었겠지요.

그래서 지나친 행동을 요구하는 사람에게는 한 번씩 무안을 주기도 한다고 합니다.

10

중국 내몽고자치주의 노다지, 캐시미어

양식이 되는 곡식이나 먹는 채소 외에도 사람들은 잘 자라는 모습을 보기 위한 관상용 식물이나 꽃에 정성을 들입니다. 이와 마찬가지로 동물도 소득은 없어도 보고 즐기기 위해 돈을 들여 기르는가 하면, 농사를 위해, 교통수단으로 이용하기 위해, 고기나 젖을 얻어 먹기 위해, 가죽이나 털을 얻기 위해 등등 기르는 목적이 다양합니다.

염소의 일종인 캐시미어라는 동물은 원래 티베트와 히말라야 카슈미르 고산지대에 사는 짐승인데 그들의 털은 동물의 털 중 제일 고급으로 높은 값을 받기 때문에 특별한 대접을 받고 있습니다.

- 동승시내 신축 건물 -

　최근 중국은 중원 대륙의 북부, 옛 몽골 지역이었던 내 몽고자치주 동승지역의 반 사막지대에 수리시설을 완비하여 전천후 초지를 조성한 다음 고산지대에 사는 캐시미어 염소를 이주 적응시켜 대단위 캐시미어 사육과 털 가공 단지를 조성하였습니다.

　그리고는 세계에서 제일가는 캐시미어 제품을 표방하면서 지역 특화 사업으로 발전시키고 있었습니다.

　고비사막의 변방인 이 쓸모없던 불모지를 황금을 쓸어 담는 옥토로 가꾸어 중국에서 제일 소득이 높다는 상해보다도 평균 소득이 더 높다는 것입니다.

그래서인지 옛날에는 보잘것없었다던 동승 시가지를 완전히 새롭게 꾸며 도시 전체를 하나의 공원으로 조성하고 있는 데는 가히 놀랄 만했습니다.

세계에서 제일 좋은 도시, 세계에서 제일 잘 사는 도시, 세계에서 제일 아름다운 도시를 이룩하는 것이 그들의 포부라는데 이미 그 성과가 나타나고 있었습니다.

좋지 않은 환경과 여건을 천하제일의 목초지로 개량하고 높고 깊은 산골에서 별 볼일 없던 동물을 데려다가 천하제일의 돈벌이 짐승으로 탈바꿈시킨 그들의 지혜와 의지를 본받아 우리도 무엇인가를 찾아봐야 할 것 같았습니다.

11

발리 울루와뚜 절벽 사원
원숭이들의 날치기

인도네시아 발리 섬에 있는 울루와뚜 힌두사원은 관광객들로 많이 붐빕니다.

100여 m는 됨직한 절벽 위 벼랑 끝에 아슬아슬하게 지어 놓은 사원 건물과 시원한 바다를 내려다볼 수 있는 주변 경관이 좋습니다.

아울러 사원으로 올라가는 계단 주변에 어슬렁거리는 수많은 원숭이들이 인상적입니다.

원숭이라는 동물은 한 마리가 재롱을 부릴 때는 신기하기도 하고 귀엽기도 하지만 여러 마리가 떼로 몰려다니며 소란을 피우면 정신도 없을 뿐만 아니라 무서울 때도 있습니다.

아마 너무 영악해 보이기 때문인지도 모릅니다.

그런데 울루와뚜사원 근처에 있는 원숭이들은 어찌 보면 사악하기가 이를 데 없습니다. 높은 나뭇가지나 담벼락에 앉아서 지나는 사람들을 한 사람 한 사람 살펴보다가 특히 약해 보이는 여자들의 귀고리나 안경 등을 가로채 달아납니다.

귓불에 고정해 놓은 귀고리를 눈 깜짝할 사이에 풀어잽싸게 달아나는 솜씨가 사람은 흉내도 낼 수 없는 민첩한 행동입니다.

그 값비싼 보석이나 귀중품을 입에 넣고 우물댈 때는 빼앗긴 주인이나 구경꾼들은 질겁하게 됩니다.

먹을 것을 갖고 유인해 보기도 하지만 본 척도 들은 척도 하지 않습니다.

입구에 소지품을 조심하라는 팻말도 있고 안내자들도 주의를 주지만 너무도 순식간에 설마 하던 일이 일어납니다.

할 수 없이 사원 관리자에게 신고하면 주변에 어슬렁대는 건달 같은 사람들이 원숭이를 부르고 어릅니다.

그제야 원숭이들은 장난이었다는 듯이 물건을 돌려줍니다.

보는 사람이나 당한 사람이나 기분이 좋을 리가 없습니다. 물건을 되돌려 받으면 다만 몇 푼이라도 사례를 해야 하니까 꼭 원숭이와 건달들이 짜고 하는 짓 같아서 뒷맛이 개운치 않습니다.

여러 곳을 다니다 보면 별난 동물들도 보지만 정말 이곳의 원숭이들은 두 번 다시 보고 싶지 않았습니다.

12

과테말라의 검은 까치

마야 유적을 보기 위해 중앙아메리카를 여행할 때의 일입니다.

과테말라 중부 플로레스에서 하루 밤을 묵었는데 이른 아침 창밖에서 까치소리가 들렸습니다.

우리 귀에 들리는 까치소리는 반가운 손님이 오신다는 소식으로 인식되어 있기 때문에 멀리 여행지에서 듣기에도 반가워 잠자리에서 일어났습니다.

창문을 열고 까치 모습을 보려고 하는데 시야에 들어오지는 않았습니다.

그래서 산책을 겸하여 까치를 찾아 나섰습니다.

까치소리는 숙소 근처 나무 위에서 들렸습니다.

가까이 가서 보니 까치는 보이지 않고 까마귀처럼 까만 새들이 몇 마리 모여 있었습니다.

걸음을 멈추고 자세히 관찰하는데 이들이 나무 아래로 내려앉았습니다.

그리고는 깡충깡충 뛰어다니는데 그 모습이 영락없는 까치였습니다.

꼬리도 우리 까치처럼 길고 크기도 비슷했습니다.

온몸이 다 까만 것 외에는 먹이 먹는 모습까지도 꼭 같았습니다.

어쩌면 사는 곳이 다르다고 해서 이렇게 다를 수가 있을까 싶었습니다.

참새는 크기가 좀 다르기는 해도 어디를 가나 같은 모양, 같은 옷을 입고 있었는데 어떻게 된 일인지 이곳의 까치는 모든 것이 다 같은데 색깔만 온통 검은 색이었습니다.

소리를 듣고 반가워서 찾았는데 생각보다 다른 옷을 입고 있는 까치를 보니 뒷모습을 보고 친구인 줄 착각하고 실수한 것처럼 서운하고 민망한 생각이 들었습니다.

중앙아메리카 까치는 틀림없이 검은 까치였습니다.

13

산토리니의 자원봉사 안내견

그리스 남부 에게해에 산토리니라는 섬이 있습니다. 이 섬은 꼭 가봐야 할 33곳 중의 한 곳으로 선정된 곳이라 여행가들에게는 꿈의 섬입니다.

필자도 2008년 1월 이 섬에서 1박2일을 보냈습니다.

한쪽 해안은 여러 가지 지층이 겹겹으로 쌓인 100여 m의 단애가 있고 절벽 위 마을에 올라서면 두 개의 화산섬이 쪽빛 에게해를 깔고 한 폭의 그림으로 시선을 사로잡습니다.

언덕 경사지에 제비집들처럼 붙어 있는 집들은 진한 백색이나 연한 하늘색 아니면 약한 베이지 색으로 온 마을이 조화를 이룹니다.

- 우리를 안내해 준 개들 -

여기에 짙은 낙조와 구름과 바다가 어우러지는 광경은
여행객들의 탄성을 자아내기에 충분합니다.

어떤 미사여구를 다 사용하더라도 부족할 정도입니다.

또 필자가 놀란 것은 그 마을의 개들 때문이었습니다.

무심코 경치에만 빠진 사람들은 그냥 지나쳐 버릴 수
도 있습니다.

다녀온 사람들이 여러 가지 소감들을 남겼지만 이 개
들에 대한 이야기는 별로 없는 것을 보면 모르고 지나친
것 같습니다.

믿기 어려운 일이지만 필자는 분명히 직접 겪은 일입

니다.

아름다운 그들의 전통이 후손들에게까지 전해져서 그런 일이 이어지면 좋겠습니다.

이 섬의 해안 쪽 마을은 골목이 매우 좁고 경사가 심합니다. 짐을 나르는 데는 당나귀를 이용해야 될 정도로 좁습니다.

이 골목을 누비며 구경을 하는 것은 무척 재미있습니다.

경관에 매료되어 정신없이 카메라 앵글을 맞추는데 저쪽 골목에서 덩치 큰 개 3마리가 우리 쪽으로 왔습니다.

약간 무서운 생각이 들었는데 이들이 가까이 와서는 냄새를 맡고 몸을 문지르며 친근감을 표시하기에 머리를 쓰다듬어 주었더니 그중 한 마리가 우리가 가고자 하는 방향으로 앞장서 갔습니다.

별 생각 없이 뒤를 따라가며 구경도 하고 사진도 찍었습니다.

우리가 구경하고 있는 동안은 기다려 주기까지 하면서 약 한 시간 정도 안내를 해 주고 슬쩍 사라졌습니다.

개를 따라가기만 하면 좋은 구경을 할 수 있어 좋았는데 보이지 않아 약간 서운했습니다.

그런데 잠시 후 다른 개가 또 나타나 전과 같이 확인을 하고는 앞장서 갔습니다.

'옳지 이번에는 이놈이 안내해 줄 모양이다' 라고 믿고 따라갔습니다.

아니나 다를까 이놈도 골목골목 골고루 다니며 구경을 잘 시켜주고는 마을을 거의 다 돌아볼 즈음에 어디론지 사라지고 없었습니다.

참 신기했습니다. '우리 개들은 낯선 사람을 보면 악을 쓰며 짖어대는데 이 마을 개들은 어찌 이리도 착할까? 어떻게 이런 훈련을 시켰을까?' 하고 생각을 해 보았는데 개들이 골목골목 기다렸다가 관광객 안내를 해 주면 주인들이 칭찬을 하니까 그렇게 된 것 같았습니다.

우리도 개라고 해서 개 취급만 할 것이 아니라 사람이 먼저 개들을 잘 대우해 줘 볼 만할 것 같았습니다.

14

세외도원(世外挑園) 빠미촌(琍美村)

중국의 운남성 문산주 광남현 첩첩산중에 상류 986m, 하류 964m의 석회암 동굴을 통과하지 않고는 외부와 연결될 수 없는 3.6km² 분지에 소수민족 장족(壯族) 600여 명이 빠미촌이라는 곳에 함께 살고 있었습니다.

이 동네 사람들의 확실한 이주 연대는 밝혀지지 않았지만 1126년 북송(北宋)이 망할 때쯤 이곳으로 숨어들었다고 합니다.

소금만 있으면 외부 세계와 접촉할 필요가 없어 자급자족을 하며 2000년도에 처음으로 외부에 알려질 때까지 독자적인 삶을 누려 왔다고 합니다.

2004년 4월 필자가 이곳에 도착했을 때는 캄캄한 밤이

- 유일한 통로인 가과하(茄科河) -

었습니다.

알아듣지도 못하는 중국말을 하는 사람들이 작은 배에 우리를 태우고 장대로 밀며 음침한 동굴 속으로 20여 분을 통과한 다음 내려주었습니다.

작은 등불의 안내를 받으며 호롱불밖에 없는 촌장 댁에 도착하여 초롱초롱 때 묻지 않은 별들을 보며 풀벌레 개구리소리를 들으며 잠이 들었습니다.

아침에는 닭울음소리와 새들이 지저귀는 소리에 잠을 깼습니다.

산책을 할 겸 마을로 나갔는데 높은 산들로 둘러싸인

이 마을은 현세와는 완전히 격리되어 있던 상태라 전기도 없고 자동차나 농기구 등 현대적인 생활 도구는 찾아볼 수가 없었습니다.

논에는 한나라 때부터 사용되었다는 흐르는 물의 힘을 이용해 수차를 돌려 큰 대통으로 농업용수를 퍼 올리는 방식으로 농사를 짓고 있었습니다.

1950년대 우리 고향 농촌 풍경처럼 사방이 숲으로 우거져 있고 좁은 논두렁길로 아낙들은 동구 밖을 흐르는 시내에서 물을 길어 물동이로 이어 나르고, 논에는 소들이 쟁기질을 하는데 백로들이 졸졸 따라다니며 먹이를

- 빠미촌의 이른 아침 풍경 -

줍고, 하늘에는 제비들이 까맣게 날고 있었습니다.

　사람들은 한 없이 상냥하고 친절했으며 사람들과 가축들 그리고 온갖 동물들까지도 함께 평화로운 삶을 살고 있었습니다.

　문자 그대로 바깥세상과는 인연을 맺지 않은 세외였었습니다.

마무리 이야기

1

몸서리치는 정자나무

　이런 실험을 했다고 합니다. 어느 마을의 몇 백 년 넘은 정자나무에 나무의 감성을 읽을 수 있는 전기장치를 해 두고 두 개의 물통에 연결했습니다.

　각 물통에는 민물새우와 피라미를 넣어 놓고 한 쪽은 물통 속 새우와 피라미에게 먹이를 주며 사랑하는 마음으로 대했고, 다른 한 쪽에는 물통에 있는 새우와 피라미에게 전류를 흘리면서 괴로움을 주고 죽으라고 저주를 했답니다.

　그러자 사랑하는 마음으로 먹이를 줄 때는 별다른 반응이 없었던 정자나무가 전기로 고통을 주며 저주를 할 때는 심한 파형이 나타나며 몸서리치는 반응을 보였다고 합니다.

  그 다음 날 사랑하는 마음으로 대한 사람이 나무 밑을 지날 때는 아무런 반응이 없었는데 고통을 주고 저주했던 사람이 지나갈 때는 정자나무가 나빴던 감정을 기억하고 같은 반응을 나타내더랍니다.

2

컵에서 기르는 양파

한 번 시험해 보시지요. 같은 모양의 두 개의 컵에 같은 양의 물을 넣고 같은 크기의 양파를 올려 두고 햇볕이 잘 드는 창가에 두면 뿌리가 내리고 싹이 날 것입니다.

하나의 양파에게는 사랑하는 마음을 진심으로 주면서 잘 자라기를 축원해 주고, 다른 하나의 양파는 미워하면서 꼴도 보기 싫으니까 죽어버리라는 저주를 독하게 줘 보십시오.

사람의 사랑과 저주의 힘이 얼마나 다른가를 확인하실 수 있을 것입니다. 참고로 방부처리가 된 수입 양파로는 실험이 되지 않습니다.

3

청소년수련원 교관들의 나무 상식

청소년수련원을 운영할 때 자원봉사해 주는 젊은 교관
들이 있었습니다.

이들은 80년대 후반 학번으로 20대 후반, 30대 초반들
이었습니다.

우리 청소년들에게 민속 전통 꽃을 알려 주고 싶어서
봉숭아, 과꽃, 분꽃, 맨드라미, 채송화, 나팔꽃 등을 심어
놓고 교관 선생님들에게 우리 꽃에 대해 물어보았지만
제대로 알지 못했습니다.

또 자연학습 코스 사전답사를 나갔는데 수락산 내원암
에 모란과 작약이 있어 우리 젊은 선생님들에게 두 가지
꽃의 다른 점을 물어보았지만 확실한 대답을 하는 사람

은 한 명도 없었습니다.

주변의 나무들에 대하여 물어봐도 역시 몰랐습니다.

요즈음 젊은이들이나 어린이들은 학교와 학원 위주의
생활을 하면서 자연과 접할 기회가 너무 없어서 같이 호
흡을 하고 같은 시대를 살아가는 다른 생명체들에게 너
무 무관심한 것 같았습니다.

그러다보니 한 집에 살고 있는 핵가족 구성원 외에는
사촌도 외삼촌도 당숙도 모르고 살 뿐만 아니라 관심도
없이 살아가는 메마른 사람들이 되어가고 있는 것입니
다.

친구가 한 사람인 사람보다는 폭넓은 교우관계를 갖고
있는 사람의 삶이 더 풍요로운 것처럼, 한 가지 일에만
몰두하며 사는 것보다는 보다 폭 넓은 시야를 갖고 관심
과 사랑을 나누며 사는 삶이 더 가치 있는 삶이라 할 수
있을 것입니다.

자연에도 관심을 두며 살았으면 합니다.

의사소통은 되지 않더라도 그들의 삶과 우리 사람들의
삶이 절대 무관한 것이 아니기 때문입니다.

그들에게도 관심과 애정을 나누면 나눌수록 그들이 우리에게 주는 정직한 보답이 돌아올 것이요, 삶도 안전해지고 삶의 보람도 높아질 수 있기 때문입니다.

우리의 감성을 넓히면 넓히는 만큼 틀림없이 우리 자신들의 우주가 넓어질 것입니다.

잃어버린 세상, 버려두었던 세상을 되찾아 풍요롭고 복된 삶을 영위하시기를 간곡히 바랍니다.

김기명 동물에세이

동물가족 그들과의 추억

·

지은이 / 김기명
펴낸이 / 김정희
펴낸곳 / 지구문학

110-122, 서울시 종로구 종로17길 12, 215호(뉴파고다 빌딩)
전화 / (02)764-9679
팩스 / (02)764-7082

등록 / 제1-A2301호(1998. 3. 19)

초판발행일 / 2015년 9월 5일

ⓒ 2015 김기명 Printed in KOREA

값 13,000원

E-mail/jigumunhak@hanmail.net

※잘못된 책은 바꿔드립니다.
※저자와의 협약으로 인지는 생략합니다.

ISBN 978-89-89240-68-6 03810